EDIÇÕES BESTBOLSO

Café preto

Agatha Mary Clarissa Miller (1890-1976) nasceu em Devonshire, Inglaterra. Filha de um americano e de uma inglesa, foi educada dentro das tradições britânicas, severamente cultuadas por sua mãe. Adotou o sobrenome do primeiro marido, o coronel Archibald Christie, com quem se casou em 1914, pouco antes da Primeira Guerra Mundial. Embora já tivesse se aventurado na literatura, a escritora desenvolveu sua primeira história policial aos 26 anos, estimulada pela irmã Madge. Com a publicação de *O misterioso caso de Styles*, em 1917, nascia a consagrada autora de romances policiais Agatha Christie.

Com mais de oitenta livros publicados, Agatha Christie criou personagens marcantes como Hercule Poirot, Miss Marple e o casal Tommy e Tuppence Baresford. Suas obras foram traduzidas para quase todas as línguas, e algumas ganharam adaptação para o cinema. Em 1971, Agatha Christie recebeu o título de Dama da Ordem do Império britânico.

Agatha Christie

Café preto

Tradução de
GILSON SOARES

2ª edição

RIO DE JANEIRO – 2012

CIP-BRASIL. CATALOGAÇÃO-NA-FONTE
SINDICATO NACIONAL DOS EDITORES DE LIVROS, RJ

Christie, Agatha, 1890-1976
C479c   Café preto / Agatha Christie; tradução de Gilson Soares. –
2ª ed.   2ª edição – Rio de Janeiro: BestBolso, 2012.

Tradução de: Black Coffee
ISBN 978-85-7799-076-4

1. Ficção policial inglesa. I. Soares, Gilson. II. Título.

09-4517
CDD: 823
CDU: 821.111-3

Café preto, de autoria de Agatha Christie.
Título número 147 das Edições BestBolso.
Segunda edição impressa em dezembro de 2011.
Texto revisado conforme o Acordo Ortográfico da Língua Portuguesa.

Título original inglês:
BLACK COFFEE

AGATHA CHRISTIE™ Copyright © 2009 Agatha Christie Limited, a Chorion company. All rights reserved.
Black Coffee © 1997 Agatha Christie Limited, a Chorion company. Translation intitled *Café preto* © 1997 Agatha Christie Limited, a Chorion company.
All rights reserved.

Café preto é uma obra de ficção. Nomes, personagens, fatos e lugares são frutos da imaginação da autora ou usados de modo fictício. Qualquer semelhança com fatos reais ou qualquer pessoa, viva ou morta, é mera coincidência.

www.edicoesbestbolso.com.br

Ilustração e design de capa: Tita Nigrí

Todos os direitos reservados. Proibida a reprodução, no todo ou em parte, sem autorização prévia por escrito da editora, sejam quais forem os meios empregados.

Direitos exclusivos de publicação em língua portuguesa para o Brasil em formato bolso adquiridos pelas Edições BestBolso um selo da Editora Best Seller Ltda.
Rua Argentina 171 – 20921-380 – Rio de Janeiro, RJ – Tel.: 2585-2000.

Impresso no Brasil

ISBN 978-85-7799-076-4

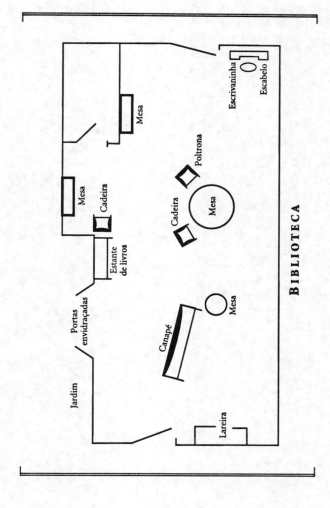

1

Hercule Poirot tomava o café da manhã no seu pequeno, porém aconchegante, apartamento em Whitehall Mansions. Tinha saboreado o brioche e a xícara de chocolate quente. Para surpresa de seu criado George, pois Poirot era uma criatura metódica que raramente variava a rotina do seu desjejum, o patrão pediu-lhe que preparasse uma segunda xícara de chocolate. Enquanto esperava por ela, voltou-se novamente para a correspondência da manhã, pousada sobre a mesa.

Meticuloso como sempre, ele colocou os envelopes descartados numa pilha bem arrumada. Haviam sido abertos com cuidado, com uma espátula em forma de espada em miniatura que seu velho amigo Hastings lhe dera de presente de aniversário havia muitos anos. Uma segunda pilha continha aqueles comunicados que considerava de interesse nulo – panfletos, principalmente –, aos quais, no momento oportuno, pediria a George para dar um fim. A terceira pilha era de cartas que exigiam algum tipo de resposta, ou pelo menos confirmação de recebimento. Cuidaria disso depois do café e, em todo caso, não antes das 10 horas. Poirot achava não ser muito profissional começar uma rotina diária de trabalho antes das 10. Quando estava envolvido num caso... ah, bem, claro que aí era diferente. Recordou-se daquela vez em que ele e Hastings levantaram muito antes do alvorecer a fim de...

Mas não, Poirot não queria seus pensamentos se estendendo ao passado. O passado feliz. O último caso deles, envolvendo uma organização criminosa internacional conhecida como Os Quatro Grandes, alcançara um fim satisfatório, e

Hastings retornara para a Argentina, para sua esposa e sua fazenda. Embora o velho amigo estivesse temporariamente de volta a Londres, resolvendo negócios ligados à fazenda, era bastante improvável que ele e Poirot se vissem trabalhando juntos outra vez para desvendar um crime. Seria por isso que Poirot sentia-se inquieto nessa agradável manhã primaveril de maio de 1934? Para todos os efeitos aposentado, mais de uma vez ele se sentira tentado a voltar à ativa quando lhe era apresentado um caso especialmente interessante. Gostaria de fazer novas investigações, tendo Hastings a seu lado funcionando como uma espécie de caixa de ressonância para seus palpites e teorias. Mas nada de profissionalmente interessante surgira para Poirot ao longo de vários meses. Não havia mais crimes e criminosos imaginativos? Era tudo só violência e brutalidade, aquele tipo de assassinato e roubos sórdidos, indignos de sua investigação?

Seus pensamentos foram interrompidos pela chegada silenciosa de George ao seu lado, trazendo a segunda e bem-vinda xícara de chocolate. Bem-vinda não apenas porque apreciava o aroma doce e penetrante, mas também porque prorrogaria por mais alguns minutos a noção de que aquele dia, uma agradável manhã de sol, se estenderia diante dele sem nada potencialmente mais excitante do que um exercício no parque e uma caminhada através de Mayfair até seu restaurante preferido no Soho, onde almoçaria sozinho – o quê, desta vez? –, com um pequeno patê de entrada, depois o habitual *bonne femme*, seguidos por...

Percebeu que George, tendo colocado o chocolate sobre a mesa, estava se dirigindo a ele. O impecável e imperturbável George, um inglês da cabeça aos pés e um tanto sonso, estava havia um bom tempo com Poirot, e era tudo que ele desejava no que diz respeito a um criado pessoal. Sem a menor curiosidade e bastante relutante em expressar sua opinião sobre qualquer assunto, George era uma mina de informação acerca da aristocracia britânica, e tão fanaticamente organizado quanto o próprio grande detetive. Mais de uma vez Poirot lhe dissera: "Você passa as calças admiravelmente, mas é um zero em imaginação." Imaginação, porém, era o que não faltava a Hercule Poirot. Mas a habilidade para passar um par de calças da maneira correta era, em sua opinião, uma rara conquista. Sim, ele era realmente afortunado em ter George como criado pessoal.

— ...e aí tomei a liberdade, senhor, de prometer que retornaria a ligação nesta manhã – estava dizendo George.

— Desculpe, meu caro George – replicou Poirot. – Eu estava divagando. Alguém telefonou, você disse?

— Sim, senhor. Foi no fim da noite, quando o senhor estava no teatro com a Sra. Oliver. Fui para a cama antes de sua volta e achei desnecessário deixar-lhe um bilhete àquela hora tardia.

— Quem foi que ligou?

— O cavalheiro se anunciou como Sir Claud Amory, senhor. Deixou o número do seu telefone, que parece ser de algum lugar em Surrey. Era um assunto muito delicado, disse ele, e pediu para, quando ligar, não dar seu nome a ninguém, mas para insistir em falar pessoalmente com Sir Claud.

— Obrigado, George. Deixe o número dele em minha escrivaninha – disse Poirot. – Ligarei para Sir Claud depois que tiver lido o *Times* desta manhã. Ainda é um pouco cedo para telefonar, assim como para tratar de assuntos delicados.

George fez uma reverência e saiu. Poirot terminou lentamente sua xícara de chocolate e depois seguiu para a varanda com o jornal.

Poucos minutos depois, o *Times* tinha sido posto de lado. O noticiário internacional era, como sempre, deprimente. Aquele terrível Hitler havia transformado os tribunais alemães em sucursais do Partido Nazista, os fascistas tinham assumido o poder na Bulgária e, pior que tudo, no próprio país de Poirot, a Bélgica, 42 mineiros haviam morrido após uma explosão em uma mina perto de Mons. As notícias domésticas eram um pouco melhores. Apesar dos receios das autoridades, as tenistas em Wimbledon tiveram permissão para usar short naquele verão. Nem os obituários eram reconfortantes, pois pessoas da idade de Poirot, e até mais jovens, pareciam empenhadas em morrer.

Largando o jornal, Poirot recostou-se na sua confortável cadeira de vime, os pés apoiados num pequeno banco. Sir Claud Amory, especulou. O nome não lhe era estranho, ouvira-o em algum lugar. Sim, este Sir Claud era muito conhecido em alguma esfera. Mas qual? Era um político? Um advogado? Um servidor público aposentado? Sir Claud Amory. Amory.

Na varanda batia o sol matinal, e Poirot a achou cálida o bastante para se aquecer um pouco. Logo ficaria quente demais para ele, pois não era um devoto do sol. "Quando o sol me afugentar", pensou, "então vou me empenhar e consultar o *Who's Who*. Se este Sir Claud é alguém de alguma notoriedade, certamente estará incluído neste volume tão admirável. Mas se não for...?" – O pequeno detetive deu de ombros expressivamente. Esnobe inveterado, já estava predisposto em favor de Sir Claud por causa de seu título. Se fosse encontrado no *Who's Who*, um volume no qual também poderiam ser descobertos detalhes da própria carreira do detetive, então talvez este Sir Claud fosse alguém que merecesse o tempo e a atenção de Hercule Poirot.

Um estalo de curiosidade e uma súbita brisa fria se combinaram para mandar Poirot para dentro. Entrando em sua biblioteca, foi até uma prateleira de livros de referência e pegou o grosso volume vermelho cujo título, *Who's Who*, estava gravado em dourado na lombada. Folheando as páginas, achou o verbete que lhe interessava, e leu em voz alta:

AMORY, Sir Claud (Herbert); *cav.* 1927; n. 24 nov. 1878. c. 1907, Helen Graham (m. 1929); *Escolaridade*: Weymouth Gram. Formado pelo King's College, Londres. Físico-pesquisador, Laboratórios GEC, 1905; RAE Farnborough (Dep. de Rádio), 1916; Centro de Pesquisa Min. Aeronáutica, Swanage, 1921; demonstração de um novo princípio para partículas de aceleração: o acelerador linear de onda progressiva, 1924. Premiado com Medalha Monroe da Physical Soc. *Publicações*: ensaios em periódicos eruditos. *Endereço:* Abbot's Cleve, perto de Market Cleve, Surrey. *Tel:* Market Cleve 304. *Clube*: Athenaeum.

"Ah, sim", pensou Poirot. "O famoso cientista." Lembrou-se de uma conversa que tivera alguns meses antes com um membro do governo de Sua Majestade, após Poirot ter recuperado alguns documentos perdidos cujo conteúdo poderia causar embaraços ao governo. Haviam conversado sobre segurança, e o político admitira que as medidas tomadas em geral não eram rígidas o suficiente.

– Por exemplo – dissera ele –, este caso no qual Sir Claud Amory está trabalhando agora é de uma importância fantástica em qualquer guerra futura... mas ele se recusa a trabalhar sob as condições do laboratório onde ele e seu invento estariam adequadamente protegidos. Insiste em trabalhar sozinho em sua casa de campo. Sem qualquer segurança. É de arrepiar.

"Será", pensou Poirot enquanto recolocava o *Who's Who* na estante, "será que Sir Claud está querendo transformar Hercule Poirot num velho e cansado cão de guarda? Os inventos de guerra, as armas secretas, isso não é coisa para mim. Se Sir Claud..."

O telefone tocou no cômodo ao lado, e Poirot pôde ouvir George atender. Um momento depois, o criado apareceu.

– É Sir Claud Amory de novo – disse ele.

Poirot foi até o telefone.

– Alô? Aqui é Hercule Poirot – identificou-se.

– Poirot? Não nos conhecemos, embora tenhamos amigos em comum. Meu nome é Amory, Claud Amory...

– Já ouvi falar no seu nome, é claro, Sir Claud – respondeu Poirot.

– Ouça, Poirot, tenho um problema terrivelmente complicado em minhas mãos. Ou melhor, devo ter. Não tenho certeza. Estive trabalhando numa fórmula para bombardear o átomo... não vou entrar em detalhes, mas o Ministério da Defesa vê isso como algo da maior importância. Meu trabalho agora está completo. Descobri uma fórmula da qual pode ser fabricado um novo e letal explosivo. Tenho bons motivos para suspeitar que alguém em minha casa está tentando roubar a fórmula. Não posso dizer mais nada agora, mas ficaria grato se pudesse vir a Abbot's Cleve para passar o fim de semana como meu convidado. Quero que leve a fórmula para Londres e a entregue a certa pessoa no Ministério. Há boas razões para eu não incumbir a tarefa a um mensageiro do Ministério. Preciso de alguém que seja ostensivamente um cidadão discreto e que não pertença ao meio científico, mas também esperto o bastante...

Sir Claud continuou falando. Hercule Poirot, olhando para o reflexo no espelho da sua cabeça calva e oval e seu bigode elaboradamente encerado, disse a si próprio que nunca, em sua longa carreira, tinha sido considerado discreto – inclusive nem ele se considerava. Mas um fim de semana no campo e uma chance de se encontrar com o notável cientista poderia ser agradável, além, é claro, do reconhecimento adequadamente expressado de um governo agradecido – e apenas por carregar no seu bolso, de Surrey a Whitehall, uma obscura, e talvez mortífera, fórmula científica.

– Será uma satisfação prestar-lhe esse favor, meu caro Sir Claud – interrompeu ele. – Providenciarei para chegar no sábado à tarde, se lhe for conveniente, e retornarei a Londres, seja lá o que for que deseja que eu traga, no domingo de manhã. Aguardo ansioso por conhecê-lo pessoalmente.

Curioso, pensou ele ao repor o fone no gancho. Agentes estrangeiros poderiam muito bem estar interessados na fórmula de Sir Claud, mas seria o caso de ser realmente alguém da própria casa do cientista...? Ah, sem dúvida muito mais seria revelado no decorrer do fim de semana.

– George – chamou –, por favor, mande meu terno de *tweed* grosso, meu *smoking* e calças para lavar a seco. Preciso de tudo para sexta-feira, pois vou passar o fim de semana no campo. – Ele fazia parecer como se fosse para as estepes da Ásia Central e pelo resto da vida.

A seguir, voltando ao telefone, discou um número e esperou alguns instantes antes de falar.

– Meu caro Hastings – começou. – Não gostaria de passar uns dias longe de suas preocupações comerciais em Londres? Surrey é muito agradável nesta época do ano...

2

A residência de Sir Claud Amory, Abbot's Cleve, ficava na periferia da pequena cidade – na verdade, já nem tão pequena – de Market Cleve, a uns 40 quilômetros a sudeste de Londres. A casa em si, uma mansão vitoriana ampla, mas arquitetonicamente indefinível, situava-se em meio a poucos hectares de terra rural suavemente ondulada, densamente arborizada aqui e ali. O caminho de cascalho, que ia do portão à porta da frente de Abbot's Cleve, serpenteava através de árvores e densos arbustos. Um terraço corria ao longo dos fundos da casa, com um gramado que se estendia até um jardim formal um tanto descuidado.

Na sexta-feira à noite, dois dias após sua conversa telefônica com Hercule Poirot, Sir Claud estava sentado em seu escritório, um cômodo pequeno, mas mobiliado com o maior conforto, no andar térreo, do lado leste da casa. Lá fora, começava a escurecer. O mordomo de Sir Claud, Treadwell, um sujeito alto e de aparência soturna com maneiras impecavelmente corretas, soara o gongo para o jantar 2 ou 3 minutos antes, e sem dúvida a família estava então reunida à mesa do outro lado do salão.

Sir Claud tamborilava os dedos na escrivaninha, cacoete que tinha quando era obrigado a tomar uma decisão rápida. Homem de estatura e envergadura medianas, de seus 50 anos, com o cabelo grisalho escovado para trás de uma testa alta, e olhos de um azul frio e penetrante, ele tinha agora uma expressão que misturava ansiedade com perplexidade.

Houve uma batida discreta à porta do escritório, e Treadwell apareceu na soleira.

– Desculpe, Sir Claud. Imaginei que talvez não tivesse ouvido a campainha...

– Sim, sim, Treadwell, está tudo bem. Poderia dizer a eles que estarei lá num instantinho? Diga que estou ao telefone. Na verdade, vou mesmo dar um rápido telefonema. Você pode começar a servir o jantar.

Treadwell retirou-se em silêncio, e Sir Claud, tomando profunda inspiração, puxou o telefone. Tirou um pequeno caderno de endereços de uma gaveta, consultou-o brevemente e a seguir pegou o fone. Ouviu por um momento e depois falou.

– Aqui é Market Cleve, 304. Quero que me ligue com um número em Londres. – Ele deu o número, depois se sentou de novo para esperar. Os dedos de sua mão direita começaram a tamborilar nervosamente na escrivaninha.

ALGUM TEMPO DEPOIS, Sir Claud Amory juntou-se aos demais, assumindo seu lugar à cabeceira da mesa em torno da qual seis outros já estavam sentados. À direita de Sir Claud sentava-se sua sobrinha, Barbara Amory, com Richard, primo dela e filho único de Sir Claud, ao seu lado. À direita de Richard Amory estava um hóspede da casa, Dr. Carelli, um italiano. Do lado oposto a Sir Claud sentava-se Caroline Amory, sua irmã. Uma solteirona de meia-idade, ela vinha administrando a casa para Sir Claud desde que ele perdera a esposa, alguns anos antes. Edward Raynor, secretário de Sir Claud, sentava-se à direita da Srta. Amory, com Lucia, esposa de Richard Amory, entre ele e o dono da casa.

O jantar, nessa noite, não tinha nada de festivo. Caroline Amory fez várias tentativas de manter conversa com o Dr. Carelli, que respondia educadamente, mas sem oferecer muita coisa para estender o assunto. Quando ela se voltou para comentar algo com Edward Raynor, aquele jovem normalmente educado e socialmente cortês teve um sobressalto, murmurou uma desculpa e pareceu incomodado. Sir Claud estava tão taciturno como de hábito na hora das refeições, ou talvez mais ainda. Richard Amory lançou um olhar ocasional do outro lado da mesa para sua esposa, Lucia. Somente Barbara Amory parecia bem-humorada e conversou sobre amenidades com sua tia Caroline.

Quando Treadwell servia a sobremesa, Sir Claud dirigiu-se subitamente a ele, falando em voz alta o bastante para que todos à mesa ouvissem suas palavras.

– Treadwell – disse –, poderia ligar para a garagem de Jackson em Market Cleve e pedir que mandem um carro com motorista à estação, para aguardar o trem de Londres das 20h50? Um cavalheiro que espero depois do jantar chegará nesse trem.

– Certamente, Sir Claud – replicou Treadwell ao sair. Ele mal deixara o salão quando Lucia, com uma desculpa murmurada, levantou-se abruptamente da mesa e saiu apressada, quase colidindo com o mordomo quando ele estava prestes a fechar a porta atrás de si.

Atravessando o salão, passou depressa pelo corredor e prosseguiu até o enorme cômodo nos fundos da casa. A biblioteca – como em geral era chamada – servia normalmente também como sala de estar. Era uma sala mais confortável do que elegante. Portas envidraçadas davam para o terraço, e outra porta conduzia ao escritório de Sir Claud. Sobre a cornija que encimava uma ampla lareira aberta havia um relógio antiquado e alguns ornamentos, bem como um jarro contendo acendedores para a lareira.

A mobília da biblioteca consistia em uma estante alta com uma caixa de estanho no topo, uma escrivaninha com telefone, um escabelo, uma pequena mesa com um gramofone e discos, um canapé, uma mesinha de centro, uma mesa extra com livros apoiados em suportes, duas cadeiras de espaldar reto, uma poltrona e outra mesa tendo em cima uma planta num vaso de latão. A mobília era antiquada, mas não suficientemente velha ou notável para ser admirada como antiguidade.

Lucia, uma linda mulher de 25 anos, tinha fartos cabelos escuros que caíam pelos ombros, e olhos castanhos que podiam reluzir de modo excitante, mas que agora estavam apagados com uma emoção reprimida não muito fácil de definir. Ela hesitou no meio da biblioteca, depois seguiu até as portas envidraçadas e, descerrando levemente as cortinas, olhou para a noite lá fora. Soltando um suspiro quase inaudível, pressionou a testa contra o vidro frio e se perdeu em pensamentos.

A voz da Srta. Amory podia ser ouvida lá fora no corredor, chamando:

– Lucia... Lucia... onde está você?

Logo depois, a Srta. Amory, uma dama idosa e um tanto atarantada, poucos anos mais velha que seu irmão, entrou na biblioteca. Aproximando-se de Lucia, pegou a mulher mais jovem pelo braço e conduziu-a até o canapé.

– Aqui, minha querida. Sente-se aqui – disse, apontando para uma extremidade do canapé. – Você vai ficar bem em um minuto ou dois.

Enquanto se sentava, Lucia deu um débil sorriso de gratidão para Caroline Amory.

– Sim, claro – concordou. – Já está passando, de fato. Embora falasse um inglês impecável, talvez impecável até demais, uma inflexão ocasional denunciava que o inglês não era sua língua materna. – Eu apenas tive uma vertigem, só isso — continuou. – Muito ridículo da minha parte. Nunca sofri disso antes. Não consigo imaginar por que teria acontecido. Por favor, volte, tia Caroline. Ficarei perfeitamente bem aqui. – Ela tirou um lenço de sua bolsa, enquanto Caroline Amory observava, solícita. Após enxugar os olhos, devolveu o lenço à bolsa e sorriu de novo. – Ficarei perfeitamente bem – repetiu.

A Srta. Amory não parecia convencida.

– Você realmente não pareceu bem toda esta noite, querida, sabe disso – assinalou, estudando Lucia.

– Não mesmo?

– Não mesmo – replicou a Srta. Amory. Ela sentou-se no canapé, perto de Lucia. – Talvez você tenha pegado uma pequena friagem, meu bem – censurou ela ansiosamente. – Os verões ingleses podem ser muito traiçoeiros, você sabe. De modo algum são como o sol quente na Itália, ao qual você está mais acostumada. Sempre penso como é tão deliciosa a Itália...

– Itália – murmurou Lucia com um ar distante nos olhos, enquanto punha a bolsa a seu lado no canapé. – Itália...

– Eu sei, minha criança, como você deve sentir falta do seu país. Deve ter sentido um contraste terrível... o clima, para começar, e os costumes diferentes. E devemos ter parecido bastante frios. Agora, os italianos...

– Não, nunca. Eu nunca senti falta da Itália – gritou Lucia, com uma veemência que surpreendeu a Srta. Amory. – Nunca.

– Ora, vamos, criança, não há vergonha alguma em sentir um pouco de saudade de casa...

– Nunca! – repetiu Lucia. – Odeio a Itália. Sempre odiei. Para mim, estar aqui na Inglaterra é como estar no céu, com todas essas pessoas tão gentis. É o próprio céu!

— É realmente muito agradável ouvir isso de você, meu bem – disse Caroline Amory –, embora eu tenha certeza de que está apenas sendo gentil. É verdade que todos tentamos fazer com que se sinta feliz e em casa aqui, mas seria perfeitamente natural você sentir saudades da Itália às vezes. E depois, não tendo mãe...

— Por favor... *por favor* – interrompeu-a Lucia. – Não fale de minha mãe.

— Não, claro que não, querida, se assim prefere. Não pretendia incomodá-la. Gostaria de uns sais aromáticos? Tenho um pouco no meu quarto.

— Não, obrigada – replicou Lucia. – De fato, estou perfeitamente bem agora.

— Não seria nenhum problema – persistiu Caroline Amory. – Tenho uns sais muito bons, de uma adorável cor rosada, e num frasquinho dos mais charmosos. E muito penetrantes. Sal amoníaco, sabe. Ou é essência salina? Nunca lembro direito. Mas, de qualquer modo, não é aquele que purifica o banho.

Lucia sorriu gentilmente, mas não respondeu. A Srta. Amory se levantara e parecia incapaz de decidir se ia ou não buscar os sais. Moveu-se indecisa de volta ao canapé e rearrumou as almofadas.

— Sim, acho que deve ter sido uma friagem súbita – continuou. – Você era o retrato absoluto da saúde esta manhã. Será que foi a emoção de ver este seu amigo italiano, o Dr. Carelli? Ele apareceu tão súbita e inesperadamente, não foi? Deve ter sido um choque para você.

O marido de Lucia, Richard, entrara na biblioteca enquanto Caroline Amory falava. Ela não o notou, pois não pôde entender por que suas palavras pareciam ter perturbado Lucia, que se recostou, fechou os olhos e sentiu calafrios.

— Oh, querida, o que é? – perguntou a Srta. Amory. – Está com vertigens de novo?

Richard Amory fechou a porta e se aproximou das duas mulheres. Um jovem inglês de beleza convencional de seus 30 anos, tinha cabelo ruivo e altura mediana, com uma figura vigorosa um tanto atarracada.

– Pode ir terminar seu jantar, tia Caroline – disse ele para a Srta. Amory. – Lucia ficará bem comigo. Cuidarei dela.

Caroline Amory ainda parecia indecisa.

– Oh, é você, Richard? Bem, talvez seja melhor eu voltar – disse ela, dando um ou dois passos relutantes em direção à porta. – Você sabe que seu pai detesta perturbação de qualquer espécie. Em especial com um hóspede aqui. Não é como se fosse algum amigo íntimo da família. – Voltou-se para Lucia. – Eu estava só dizendo, não é, querida, que foi muito estranho o Dr. Carelli aparecer da maneira como fez, sem a menor ideia de que você estivesse vivendo nesta parte do mundo. Você simplesmente o encontrou na cidade e o convidou para o fim de semana. Deve ter sido uma grande surpresa para você, não deve?

– Foi – replicou Lucia.

– O mundo é realmente muito pequeno, é o que eu sempre disse – continuou a Srta. Amory. – Seu amigo é um homem muito atraente, Lucia.

– A senhora acha?

– Pelos padrões estrangeiros, é claro – concedeu a Srta. Amory –, mas distintamente bonito. E fala inglês muito bem.

– É, acho que fala.

A Srta. Amory não parecia propensa a abandonar o assunto.

– Não fazia mesmo ideia de que ele estivesse nesta parte do mundo? – perguntou.

– Nem em qualquer outra – replicou Lucia, enfática.

Richard Amory ficara observando sua esposa com atenção. Agora voltou a falar.

– Deve ter sido uma deliciosa surpresa para você, Lucia – disse ele.

Lucia olhou-o rapidamente, mas não respondeu. A Srta. Amory exultava.

19

– Sim, de fato – continuou ela. – Você o conhecia bem na Itália, querida? Era um grande amigo seu? Suponho que deve ter sido.

Houve uma súbita amargura na voz de Lucia.

– Ele nunca foi meu amigo – disse.

– Ah, sim. Simplesmente um conhecido. Mas aceitou seu generoso convite para ficar. Costumo pensar que estrangeiros são propensos a ser um tanto aproveitadores. Oh, claro que não me refiro a você, meu bem. – A Srta. Amory teve o bom senso de fazer uma pausa e corar. – Quero dizer, você é meio inglesa, de qualquer modo. – Ela olhou maliciosamente para o sobrinho e continuou: – De fato, ela é quase inglesa agora, não é, Richard?

Richard Amory não reagiu à malícia de sua tia. Em vez disso, caminhou para a porta e abriu-a, como se convidando a Srta. Amory a ir se juntar aos outros.

– Bem – disse ela, enquanto se movia relutante para a porta –, se tem certeza de que não posso ser mais útil...

– Não, não. – O tom de Richard foi tão abrupto quanto suas palavras, enquanto mantinha a porta aberta para ela. Com um gesto indeciso e um último sorriso nervoso para Lucia, a Srta. Amory saiu.

Soltando um suspiro de alívio, Richard fechou a porta atrás dela e voltou para a esposa.

– Que inconveniência – queixou-se ele. – Pensei que ela nunca sairia.

– Ela só estava tentando ser gentil, Richard.

– Oh, ouso dizer que estava. Mas ela tenta com empenho exagerado.

– Acho que gosta de mim – murmurou Lucia.

– O quê? Oh, claro. – O tom de Richard Amory foi distraído. Ficou ali parado, observando a esposa atentamente. Por alguns momentos, fez-se um silêncio constrangido. Depois, chegando mais perto, Richard baixou o olhar para Lucia. – Tem certeza de que nada posso fazer por você?

Lucia o encarou, forçando um sorriso.

— Nada, realmente. Obrigada, Richard. Volte para a sala de jantar. Estou perfeitamente bem agora.

— Não — replicou o marido. — Ficarei com você.

— Mas eu preferia ficar sozinha.

Houve uma pausa. Em seguida, Richard falou de novo, enquanto ia para trás do canapé.

— As almofadas estão confortáveis? Gostaria de mais uma para apoiar a cabeça?

— Estou bem confortável assim — protestou Lucia. — Seria bom, porém, tomar um pouco de ar. Poderia abrir as portas?

Richard foi até as portas envidraçadas e tateou desajeitadamente a maçaneta.

— Droga! — exclamou. — O velho fechou isso com uma daquelas trancas que inventou. Só se pode abrir com a chave.

Lucia encolheu os ombros.

— Bem, não importa. Esqueça — murmurou.

Richard retornou e sentou-se numa das cadeiras à mesa. Inclinou-se à frente, descansando os cotovelos nas coxas.

— Sujeito maravilhoso, o velho. Sempre inventando uma coisa ou outra.

— É — replicou Lucia. — Deve ter ganhado muito dinheiro com suas invenções.

— Aos montes — disse Richard, melancólico. — Mas não é o dinheiro que conta para ele. Esses cientistas são todos iguais. Sempre no rastro de alguma coisa totalmente impraticável, de nenhum interesse para ninguém além deles mesmos. Bombardear o átomo, pelo amor de Deus!

— Mas, de qualquer modo, seu pai é um grande homem.

— Suponho que seja um dos maiores cientistas da atualidade — disse Richard de má vontade. — Mas não enxerga outro ponto de vista que não o seu — continuou, com irritação crescente. — Tem me tratado pessimamente.

– Eu sei – concordou Lucia. – Ele mantém você aqui, amarrado a esta casa, quase como se fosse um prisioneiro. Por que o fez desistir da carreira militar para vir morar aqui?

– Acho que ele pensou que eu o ajudaria no seu trabalho. Mas deveria saber que eu não teria a menor utilidade para ele nesse campo. Não tenho cabeça para isso. – Ele chegou a cadeira para mais perto de Lucia e inclinou-se de novo à frente. – Meu Deus, Lucia, às vezes chego a ficar desesperado. Lá está ele, nadando em dinheiro e gastando cada centavo nas suas malditas experiências. Poderia me deixar ter logo alguma parte do que um dia será meu, de qualquer modo, e me permitir sair deste lugar.

Lucia sentou-se empertigada.

– Dinheiro! – exclamou, amarga. – Tudo gira em torno disso. Dinheiro!

– Estou igual a uma mosca capturada numa teia de aranha – continuou Richard. – Desamparado. Absolutamente desamparado.

Lucia olhou para ele com uma ânsia suplicante.

– Oh, Richard – exclamou. – Eu também.

O marido encarou-a, alarmado. Estava a ponto de falar quando Lucia continuou:

– Eu também. Desamparada. E quero ir embora. – Levantou-se subitamente e se aproximou dele, falando excitada: – Richard, pelo amor de Deus, leve-me embora, antes que seja tarde demais!

– Embora? – a voz de Richard soou vazia e desesperada. – Embora para onde?

– Para qualquer lugar – replicou Lucia, com emoção crescente. – Qualquer lugar do mundo! Mas longe desta casa. Isso é que é importante: longe desta casa! Estou com medo, Richard, confesso que estou com medo. Há sombras – ela olhou por sobre o ombro dele como se pudesse vê-las –, sombras por toda parte.

Richard permaneceu sentado.

– E como podemos partir sem dinheiro? – perguntou ele. Olhou para Lucia e continuou, amargo: – Sem dinheiro, um homem não vale muito para uma mulher, não é, Lucia?

Ela afastou-se dele.

– Por que diz isso? O que quer dizer?

Richard continuou a fitá-la em silêncio, seu rosto tenso e curiosamente sem expressão.

– O que há com você esta noite, Richard? – quis saber Lucia. – Está diferente, de alguma forma...

Richard ergueu-se da cadeira.

– Estou?

– Sim... o que há?

– Bem... – começou Richard, e depois parou. – Nada. Não é nada.

Ele começou a virar de costas para ela, mas Lucia puxou-o de volta e colocou as mãos nos seus ombros.

– Richard, meu amor... – começou ela. Ele retirou-lhe as mãos. – Richard – repetiu.

Pondo as mãos para trás, Richard a fitou.

– Pensa que sou um completo idiota? Acha que não vi este seu *velho amigo* pôr um bilhete em sua mão esta noite?

– Quer dizer que você achou que...

Ele a interrompeu com rispidez.

– Por que abandonou a mesa do jantar? Não sentiu vertigem nenhuma, foi tudo fingimento. Queria era ficar sozinha para ler seu precioso bilhete. Não aguentava esperar. Ficou quase louca de impaciência porque não podia livrar-se de nós. Primeiro tia Caroline, depois eu. – Seus olhos estavam frios de mágoa e raiva enquanto olhava para ela.

– Richard – disse Lucia –, você está louco. Oh, isso é um absurdo. Não pode estar achando que tenho algo com Carelli! Pode? Pode realmente? O meu amor, Richard, o meu amor... é você. Não há ninguém senão você. Deve saber disso.

Richard manteve os olhos fixos nela.

– O que ele diz no bilhete? – perguntou baixinho.

– Nada... nada de especial.
– Então me mostre.
– Eu... não posso – disse Lucia. – Já o destruí.

Um sorriso frígido surgiu e sumiu do rosto de Richard.

– Não, você não o destruiu – insistiu. – Mostre-me.

Lucia ficou em silêncio por um momento. Ela o fitou, suplicante. Disse:

– Richard, não confia em mim?

– Eu poderia tomá-lo de você à força – resmungou ele por entre os dentes cerrados, avançando um passo em direção a ela. – É o que estou pensando em fazer...

Lucia recuou com um grito débil, os olhos ainda fixos em Richard como se para convencê-lo a acreditar nela. De repente, ele deu-lhe as costas.

– Não – disse, como se para si mesmo. – Creio que há coisas que não se pode fazer. – Voltou-se para encarar a esposa. – Mas, por Deus, vou esclarecer com Carelli.

Lucia pegou-lhe o braço com um grito de alarme.

– Não, Richard, você não deve. Não deve. Não faça isso, eu lhe peço, não faça isso.

– Está temerosa por seu amante, não é? – zombou Richard.

– Ele não é meu amante – replicou Lucia, veemente.

Richard pegou-a pelos ombros.

– Talvez não seja... ainda – disse ele. – Talvez ele...

Interrompeu-se ao ouvir vozes no corredor. Fazendo um esforço para se controlar, foi até a lareira, pegou uma carteira de cigarros, isqueiro, e acendeu um. Quando a porta do corredor se abriu e o som das vozes ficou mais alto, Lucia sentou-se na cadeira recém-desocupada por Richard. Seu rosto estava pálido, as mãos úmidas de tensão.

A Srta. Amory entrou, acompanhada pela sobrinha Barbara, uma jovem extremamente moderna de 21 anos. Balançando sua bolsa, Barbara atravessou o salão na direção dela.

– Olá, Lucia, já melhorou? – perguntou.

3

Lucia forçou um sorriso ao ver Barbara se aproximar.

– Sim, obrigada, querida – respondeu. – Estou perfeitamente bem.

Barbara olhou para a linda esposa de seu primo.

– Não interrompi quaisquer notícias alvissareiras para Richard, não é? – perguntou ela. – Era sobre isso?

– Notícias alvissareiras? Que notícias? Não entendo o que está dizendo – protestou Lucia.

Barbara uniu as mãos e fez um movimento giratório de quem embala um bebê. A reação de Lucia a essa pantomima foi um sorriso triste e um meneio com a cabeça. A Srta. Amory, porém, desabou horrorizada numa cadeira.

– Francamente, Barbara! – admoestou.

– Bem – disse Barbara, acidentes acontecem, você sabe.

Sua tia sacudiu a cabeça vigorosamente.

– Nem posso imaginar até onde vão essas jovens de hoje – disse para ninguém em especial. – No meu tempo não se falava de maternidade com essa irreverência, nem eu teria permitido... – Ela se interrompeu ao som da porta se abrindo. Olhou em volta a tempo de ver Richard deixar o recinto. – Você deixou Richard constrangido – continuou, dirigindo-se a Barbara –, e não posso dizer que estou surpresa com isso.

– Ora, tia Caroline – replicou Barbara –, você é uma vitoriana, sabe disso, nascida quando a velha rainha ainda tinha uns bons vinte anos pela frente. Continua sendo representante da *sua* geração, enquanto eu sou da minha.

– Não tenho dúvida quanto a que prefiro... – começou a tia, logo interrompida por Barbara que, rindo furtivamente, disse:

– Acho que os vitorianos eram maravilhosos. Que fantasia dizer às crianças que os bebês eram trazidos no bico das cegonhas! Acho isso tão encantador!

Ela mexeu na bolsa e pegou um cigarro e o isqueiro. Acendeu o cigarro. Já ia recomeçar a falar quando a Srta. Amory a silenciou com um gesto.

— Oh, pare de ser fútil, Barbara. Estou realmente muito preocupada com esta criança aqui e gostaria que não zombasse de mim.

Lucia de repente se descontrolou e começou a chorar. Tentando enxugar as lágrimas, ela disse, entre soluços:

— Vocês todos são muito bons para mim. Ninguém nunca foi amável comigo até que cheguei aqui, até ter casado com Richard. Tem sido maravilhoso morar aqui com vocês. Não posso evitar, eu...

— Pronto, acabou — murmurou a Srta. Amory, erguendo-se e indo até Lucia. Bateu de leve em seu ombro. — Acabou, meu bem. Sei o que quer dizer... viver no estrangeiro por toda a vida... muito inconveniente para uma jovem. Não é o tipo mais adequado de formação, afinal, e claro que as pessoas lá no continente têm algumas ideias muito peculiares acerca de educação. Pronto, já chega.

Lucia se levantou e olhou em torno, indecisa. Permitiu que a Srta. Amory a conduzisse até o canapé e sentou-se numa das extremidades, enquanto Caroline Amory ajeitava almofadas ao redor dela, tendo se sentado também em seguida.

— É claro que está perturbada, querida. Mas deve esquecer a Itália. Embora, é claro, eu concorde que os lagos italianos são sempre muito agradáveis na primavera. Muito adequado para férias, mas não para querer morar lá, naturalmente. Bem, não precisa mais chorar, meu bem.

— Acho que ela precisa de um drinque para se reanimar — sugeriu Barbara, sentando-se à mesinha de centro e observando o rosto de Lucia de modo crítico, mas não sem simpatia. — Esta é uma casa terrível, tia Caroline. Tem sido assim há anos. Nunca se vê nem a sombra de um coquetel por aqui. Nada senão xerez ou uísque antes do jantar, e conhaque depois. Richard não sabe fazer um *manhattan* decente, ou simplesmente pedir um uísque *sour* a Edward Raynor. Mas o que realmente colocaria Lucia de volta nos eixos seria um *satan's whisker*.

A Srta. Amory fez uma expressão chocada.

– O que – indagou horrorizada – é um *satan's whisker*?

– É bem simples de fazer, basta ter os ingredientes – replicou Barbara. – Não passa de partes iguais de conhaque e creme de menta, mas não se deve esquecer uma pitada de pimenta-malagueta. É o mais importante. É absolutamente formidável e garantido para levantar o ânimo de qualquer pessoa.

– Barbara, você sabe que desaprovo esses estimulantes alcoólicos – exclamou a Srta. Amory com um arrepio. – Meu pai sempre disse...

– Não sei o que ele *disse* – replicou Barbara –, mas todos na família sabem que o querido tio-avô Algernon tinha fama de ser um grande beberrão.

De início, a Srta. Amory pareceu que iria explodir, mas depois um arremedo de sorriso surgiu dos seus lábios, e tudo que ela disse foi:

– Com cavalheiros é diferente.

Barbara não concordava.

– Eles não são de modo algum diferentes – replicou. – Ou, de qualquer maneira, não posso imaginar por que lhes seria permitido ser diferentes. Eles simplesmente escaparam impunes naqueles dias. – Ela extraiu da bolsa um pequeno espelho, pó de arroz e batom. – Bem, como está nossa aparência? – perguntou a si mesma. – Oh, meu Deus! – exclamou e se pôs a aplicar o batom vigorosamente.

– Francamente, Barbara – disse sua tia. – Eu gostaria que não pusesse tanto dessa coisa vermelha nos lábios. É uma cor berrante demais.

– Espero que seja – replicou Barbara, ainda retocando a maquilagem. – Afinal, custou sete xelins e seis *pence*.

– Sete xelins e seis *pence*! Que infame desperdício de dinheiro por... por...

– Por *Kissproof*, tia Caroline.

– Como disse?

– O batom. É chamado de *Kissproof*.

A tia fungou em desaprovação.

– Eu sei, claro – disse ela –, que os lábios são propensos a rachar se alguém se expuser ao frio, e que é aconselhável um pouco de lubrificação. Lanolina, por exemplo. Eu sempre uso...

Barbara a interrompeu.

– Minha querida tia Caroline, uma garota simplesmente não pode usar batom demais. Afinal, ela nunca sabe o quanto dele vai sumir no táxi de volta para casa. – Enquanto falava, guardou de volta na bolsa os artigos de maquilagem.

A Srta. Amory parecia intrigada.

– O que quer dizer com "no táxi de volta para casa"? Não entendo.

Barbara se levantou e, indo para trás do canapé, inclinou-se sobre Lucia.

– Esqueça. Lucia entende, não é, meu bem? – perguntou, tocando de leve o queixo de Lucia.

Lucia Amory olhou em torno, confusa.

– Sinto muito – disse ela para Barbara –, não ouvi. O que foi que disse?

Concentrando de novo a atenção em Lucia, Caroline Amory voltou ao assunto da saúde da jovem dama.

– Você sabe, querida – disse –, realmente estou preocupada com você. – Olhou de Lucia para Barbara. – Devíamos dar-lhe alguma coisa, Barbara. O que temos agora? Carbonato de amônio, claro, que seria o mais apropriado. Infelizmente, aquela descuidada da Ellen quebrou minha garrafa esta manhã, quando estava espanando meu quarto.

Mordendo os lábios, Barbara pensou por um momento.

– Já sei – exclamou. – O estoque hospitalar!

– Estoque hospitalar? O que quer dizer? Que estoque é esse? – perguntou a Srta. Amory.

– A senhora se lembra – disse a sobrinha. – Entre os pertences de Edna.

O rosto da Srta. Amory reluziu.

– Ah, sim, é claro! – Voltando-se para Lucia, disse: – Eu gostaria que tivesse conhecido Edna, minha sobrinha mais velha, irmã de Barbara. Ela foi para a Índia com o marido... oh, deve ter sido uns três meses antes de você chegar aqui com Richard. Edna era uma garota tão competente!

– Muito competente – confirmou Barbara. – Conseguiu ganhar gêmeos. Como não sei se existem cegonhas na Índia, os bebês devem ter sido trazidos na tromba de um elefante.

A Srta. Amory permitiu-se um sorriso.

– Fale baixo, Barbara – disse ela. Depois, voltando-se para Lucia, continuou: – Como eu dizia, meu bem, Edna fez treinamento como farmacêutica durante a guerra. Ela trabalhou no hospital daqui. Durante a guerra transformamos a prefeitura num hospital, você sabe. E, durante alguns anos depois da guerra, antes de se casar, Edna continuou a trabalhar no dispensário do Hospital do Condado. Tinha muito conhecimento acerca de remédios, pílulas, todo esse tipo de coisa. Ouso dizer que ainda tem. Tal conhecimento deve ser inestimável para ela na Índia. Mas o que eu estava dizendo? Ah, sim... quando ela partiu. O que fizemos com todos aqueles frascos de Edna?

– Eu me lembro perfeitamente – disse Barbara. – Um monte de velharias do dispensário de Edna foi acondicionado numa caixa. Deviam mandar os medicamentos para hospitais, mas esqueceram, ou pelo menos ninguém providenciou isso. A caixa foi guardada no sótão e só voltou a aparecer quando Edna estava empacotando suas coisas para partir para a índia. Os remédios estão lá em cima – ela gesticulou na direção da estante – e ainda não foram avaliados e separados.

Ela se levantou, arrastou sua cadeira até a estante, subiu nela, procurou e retirou uma caixa preta de estanho do alto.

Ignorando o murmúrio de Lucia – "não se incomode, querida, realmente não preciso de nada" –, Barbara carregou a caixa e depositou-a sobre a mesa.

– Bem – disse ela –, pelo menos podemos dar uma olhada nessas velharias, agora que as recuperei. – Ela abriu a caixa. – Oh, querida, é uma coleção variada – disse, extraindo vários frascos enquanto falava. – Iodine, Bálsamo do Frade, algo chamado "Tinct. Card. Co", óleo de rícino. – Ela fez uma careta. – Ah, agora estamos chegando a algum lugar – exclamou, enquanto tirava da caixa alguns pequenos tubos castanhos de vidro. – Atropina, morfina, estricnina – leu nos rótulos. – Tome cuidado, tia Caroline. Se despertar minha índole furiosa, envenenarei seu café com estricnina, e morrerá na mais terrível agonia.

Barbara fez um gesto brincalhão de ameaça para a tia, que a afastou com um bufido.

– Bem, não há nada aqui que poderíamos testar em Lucia como um tônico, isto é certo. – Ela riu, enquanto começava a colocar os frascos e vidrinhos de volta na caixa metálica. Segurava, no alto, um tubo de morfina com a mão direita quando a porta se abriu, e Treadwell introduziu Edward Raynor, o Dr. Carelli e Sir Claud Amory.

O secretário de Sir Claud, Edward Raynor, entrou primeiro. Era um jovem de aparência comum, no fim da casa dos 20. Foi até Barbara e ficou parado, olhando para a caixa.

– Olá, Sr. Raynor. Interessado em venenos? – perguntou ela enquanto continuava a embalar os frascos.

O Dr. Carelli também se aproximou da mesa. Um homem bem moreno de cerca de 40 anos, Carelli usava roupas perfeitamente adequadas para a noite. Tinha maneiras corteses, e quando falou foi com o mais leve sotaque italiano.

– O que temos aqui, minha cara Srta. Amory? – indagou.

Sir Claud parou à porta para falar com Treadwell.

– Entendeu minhas instruções? – perguntou, e ficou satisfeito com a resposta:

– Perfeitamente, Sir Claud.

Treadwell deixou a biblioteca, e Sir Claud se aproximou do seu hóspede e disse:

– Será que vai me desculpar, Dr. Carelli, se eu seguir direto para meu escritório? Tenho várias cartas importantes que devo despachar esta noite. – Voltou-se para seu secretário. – Raynor, poderia vir comigo?

O secretário acompanhou o patrão e entraram no escritório pela porta comunicante. Quando a porta se fechou atrás deles, Barbara de súbito deixou cair o tubo que segurava.

4

O Dr. Carelli se adiantou rapidamente e pegou o tubo. Examinando-o antes de entregar de volta a ela com uma mesura, ele exclamou:

– O que é isso? Morfina? – Pegou outro tubo sobre a mesa. – E estricnina! Posso perguntar, minha cara jovem dama, onde conseguiu esses tubinhos letais? – Ele começou a examinar o conteúdo da caixa.

Barbara olhou com desagrado para o gentil italiano.

– Despojos de guerra – respondeu ela brevemente, com um sorrisinho forçado.

Erguendo-se ansiosamente, Caroline Amory aproximou-se do Dr. Carelli.

– Não são de fato veneno, são, doutor? Quero dizer, não poderiam prejudicar ninguém, não é? Esta caixa está na casa há anos. Certamente seu conteúdo é inócuo, não?

– Eu diria – replicou Carelli secamente – que, com a pequena quantidade que têm aqui, vocês poderiam matar, aproximadamente, uma dúzia de homens fortes. Não sei o que a *senhora* considera prejudicial.

– Oh, valha-me Deus! – A Srta. Amory ofegou horrorizada, enquanto voltava à cadeira, sentando-se pesadamente.

– Aqui, por exemplo – continuou Carelli, dirigindo-se aos demais. Pegou um tubo e leu o rótulo devagar: – "Cloreto de estricnina; 1/16 de grão." Sete ou oito dessas pequenas pastilhas e a pessoa morre de uma forma muito desagradável. Uma maneira extremamente dolorosa de partir deste mundo. – Pegou outro tubo. – "Sulfato de atropina." Bem, o envenenamento por atropina às vezes é muito difícil de distinguir do envenenamento por ptomaína. Causa também uma morte muito dolorosa.

Recolocando os dois tubos que tinha manuseado, ele pegou outro.

– Agora, aqui – continuou, falando dessa vez muito lenta e deliberadamente –, temos hidrobromido de hioscina, um centésimo de grão. Não parece muito potente, não é? Ainda assim, asseguro-lhes que bastaria engolir metade de uma dessas pastilhinhas brancas e... – fez um gesto ilustrativo. – Não haveria dor... nenhuma dor. Apenas um sono rápido e completamente sem sonhos, mas um sono do qual não haveria despertar. – Foi até Lucia e estendeu-lhe o tubo, como se a convidando a examiná-lo. Um pequeno sorriso desenhou-se no seu rosto, mas não nos olhos.

Lucia olhou fixamente para o tubo, como se fascinada por ele. Estendendo a mão, falou numa voz que soava quase como se estivesse hipnotizada:

– Um sono rápido e completamente sem sonhos... – repetiu, tentando pegar o tubo.

Em vez de entregá-lo a ela, o Dr. Carelli voltou-se para Caroline Amory com um olhar quase indagador. A dama estremeceu e pareceu constrangida, mas não fez nenhum comentário. Dando de ombros, Carelli virou as costas para Lucia, ainda segurando o tubo de hidrobromido de hioscina.

A porta se abriu, e Richard Amory entrou. Sem falar, ele foi até o escabelo junto à mesa e sentou-se. Foi seguido por Treadwell, que carregava uma bandeja contendo um bule de café, xícaras e pires. Após ter depositado a bandeja na mesinha de centro, Treadwell deixou a sala, enquanto Lucia sentava-se no canapé e servia o café.

Barbara foi até Lucia, pegou duas xícaras na bandeja, depois caminhou até Richard. Entregou-lhe uma xícara e ficou com a outra. Enquanto isso, o Dr. Carelli ocupava-se em recolocar os tubos na caixa de estanho na mesa de centro.

– Sabia, doutor – disse a Srta. Amory –, que me causou calafrios com essa conversa de sono rápido e sem sonhos e mortes sofridas? Suponho que, sendo italiano, conheça bastante acerca de venenos.

– Minha cara dama – riu Carelli –, isto não é extremamente injusto... como é que se diz... *non sequitur*? Por que um italiano saberia mais sobre venenos do que um inglês? Ouvi dizer – continuou de brincadeira – que veneno é a arma da mulher, não do homem. Eu deveria perguntar-lhe...? Ah, mas talvez, cara dama, seja numa mulher italiana que esteja pensando, não? Talvez até mencione uma certa Borgia. Não é isso, hein? – Ele aceitou uma xícara de café passada por Lucia e entregou-a à Srta. Amory, voltando-se a fim de pegar outra para si.

– Lucrécia Borgia... aquela horrível criatura! Sim, creio que era nela que estava pensando – admitiu a Srta. Amory. – Eu costumava ter pesadelos com ela quando era pequena. Eu a imaginava muito pálida, mas alta, e com cabelo preto retinto, tal como o da nossa querida Lucia.

O Dr. Carelli aproximou-se da Srta. Amory com o açucareiro. Ela balançou a cabeça recusando, e ele levou o açucareiro de volta à bandeja. Richard Amory depôs sua xícara, pegou uma revista da mesa e começou a folheá-la, enquanto sua tia retomava o tema de Lucrécia Borgia.

– Sim, eu costumava ter pesadelos horríveis – dizia a Srta. Amory. – Eu devia ser a única criança numa sala cheia de adultos, todos eles bebendo em taças elaboradas. Então essa mulher glamorosa... agora que penso nisso, ela parecia bastante com você, querida Lucia... se aproximava de mim e me forçava a beber. Eu podia ver pelo modo como ela sorria, de alguma forma, que não deveria beber, mas sabia que não seria capaz de recusar. De alguma forma, ela me hipnotizava para beber, e então eu começava a sentir uma pavorosa sensação de queimação na garganta e me via lutando para respirar. E então, claro, acordava.

O Dr. Carelli se aproximou de Lucia. De pé diante dela, fez uma mesura irônica.

– Minha cara Lucrécia Borgia – implorou. – Tenha piedade de todos nós.

Lucia não reagiu à pilhéria de Carelli. Parecia não tê-lo ouvido. Houve uma pausa. Sorrindo consigo mesmo, o Dr. Carelli afastou-se de Lucia, bebeu seu café e pôs a xícara no centro da mesa. Acabando seu café rapidamente, Barbara pareceu perceber que era preciso melhorar o humor geral.

– Que tal um pouco de música? – sugeriu, indo até o gramofone. – Bem, o que iremos ouvir? Há um disco maravilhoso que comprei na cidade outro dia. – Ela começou a cantarolar, acompanhando suas palavras com uma pequena dança chegada ao *jazz*. – "Ikey... oh, crikey... o que você arranjou?" Bem, o que mais temos aqui?

– Oh, Barbara, querida, não essa canção vulgar – implorou a Srta. Amory, indo até ela e a ajudando a procurar entre os discos do gramofone. – Há discos muito mais bonitos. Se temos de ouvir música popular, há adoráveis canções de John McCormack em algum lugar por aqui. Ou que tal "A Cidade Sagrada"? ...não consigo lembrar o nome da soprano. Ou por que não aquele lindo disco de Melba? Oh... ah, sim! Aqui tem *Largo*, de Handel.

— Oh, por favor, tia Caroline. Não estamos propensos a nos animar com a música de Handel — protestou Barbara. — Há ópera italiana aqui, se temos de ouvir música clássica. Vamos, Dr. Carelli, esta deve ser sua especialidade. Venha e nos ajude a escolher.

Carelli juntou-se a Barbara e à tia em volta do gramofone. Os três começaram a escolher entre as pilhas de discos. Richard parecia agora concentrado na sua revista.

Lucia se ergueu, moveu-se lentamente, parecendo desnorteada, até o centro da mesa e olhou de relance para a caixa de estanho. Depois, tomando cuidado para que os outros não percebessem, retirou um tubo da caixa e leu o rótulo: "Hidrobromido de hioscina." Abrindo o tubo, Lucia despejou quase todas as pastilhas na palma da mão. Enquanto o fazia, a porta do escritório de Sir Claud se abriu, e Edward Raynor apareceu na soleira. Sem que Lucia soubesse, Raynor a viu repor o tubo na caixa antes de se dirigir à mesa do café.

Naquele momento, ouviram a voz de Sir Claud chamando do escritório. Suas palavras soaram indistintas, mas Raynor, virando-se para responder a ele, disse:

— Sim, claro, Sir Claud. Levarei seu café agora.

O secretário estava prestes a entrar na biblioteca quando a voz de Sir Claud o prendeu.

— E quanto à carta para Marshall?

— Foi posta no correio à tarde, Sir Claud — replicou o secretário.

— Mas, Raynor, eu lhe disse... oh, volte aqui, rapaz — trovejou Sir Claud do seu escritório.

— Sinto muito, senhor — ouviram Raynor dizer, enquanto ele cruzava a porta para juntar-se a Sir Claud. Lucia, que se virara ao som de sua voz, aparentemente não percebera que o secretário observara seus movimentos. Virando-se de modo a dar as costas a Richard, ela jogou as pastilhas que segurava em uma das xícaras de café na mesinha de centro e caminhou até diante do canapé.

O gramofone subitamente ganhou vida com um animado foxtrote. Richard Amory pôs de lado a revista que lia, terminou seu café rapidamente, pôs a xícara na mesinha de centro e foi até sua esposa.

– Vou seguir seu conselho. Já decidi. Iremos embora juntos.

Lucia olhou para ele, surpresa.

– Richard – disse ela debilmente –, você decidiu mesmo? Podemos ir embora daqui? Mas pensei que tivesse dito... o que foi mesmo?... Ah, como arranjaria dinheiro.

– Sempre há um jeito de arranjar dinheiro – disse Richard, sinistramente.

A voz de Lucia soou alarmada quando perguntou:

– Como assim?

– Quero dizer que quando um homem se preocupa com uma mulher, como eu me preocupo com você, ele fará qualquer coisa. Qualquer coisa!

– Não me agrada ouvir você falar assim – respondeu Lucia. – Só me dá a entender que ainda não confia em mim... que você acha que pode comprar meu amor com...

Ela se interrompeu e olhou em torno no momento em que a porta do escritório se abria e Edward Raynor retornava. Raynor caminhou até a mesinha de centro e pegou uma xícara de café. Lucia se ajeitou no canapé, chegando para a extremidade dele. Richard tinha se aproximado melancólico da lareira e olhava fixamente para o fogo apagado.

Barbara, começando a dançar um foxtrote sozinha, olhou para seu primo Richard, pensando se deveria convidá-lo a acompanhá-la. Mas, aparentemente, desestimulada por sua expressão pétrea, voltou-se para Raynor.

– Gostaria de dançar, Sr. Raynor?

– Eu adoraria, Srta. Amory – respondeu o secretário. – Só um momento, enquanto levo o café para Sir Claud.

Lucia ergueu-se de repente do canapé.

— Sr. Raynor — disse ela apressadamente —, este não é o café de Sir Claud. Pegou a xícara errada.

— Peguei? — disse Raynor. — Oh, desculpe.

Lucia alcançou outra xícara na mesinha e a entregou a Raynor. Eles destrocaram as xícaras.

— Este é o café de Sir Claud — disse ela, sorrindo enigmaticamente para si mesma. Pôs a xícara entregue por Raynor na mesinha e voltou para o canapé.

Dando as costas para Lucia, o secretário tirou sub-repticiamente uma pastilha do bolso e jogou-a dentro da xícara que estava segurando. Barbara o interceptou enquanto caminhava para o escritório.

— Volte e dance comigo, Sr. Raynor — pediu, com o mais cativante sorriso. — Eu poderia insistir com o Dr. Carelli, só que acho que ele está louco para dançar com Lucia.

Enquanto Raynor parava, indeciso, Richard Amory se aproximou.

— Você também pode dançar com ela — disse ele. — Todo mundo pode, enfim. Deixe que eu levo o café para meu pai.

Relutante, Raynor deixou que ele levasse o café. Voltando-se, Richard fez uma pausa momentânea e finalmente entrou no escritório de Sir Claud. Barbara e Edward Raynor, tendo antes trocado o disco no gramofone, agora valsavam lentamente nos braços um do outro. O Dr. Carelli os observou por um momento com um sorriso indulgente, antes de se aproximar de Lucia, que, com um aspecto de total abatimento, continuava sentada no canapé.

Carelli dirigiu-se a ela.

— Foi muita gentileza da Srta. Amory permitir que eu ficasse para o fim de semana.

Lucia olhou para ele. Por uns poucos segundos ela não falou nada, mas finalmente disse:

— Ela é uma pessoa extremamente gentil.

— E esta é uma casa muito encantadora — continuou Carelli, movendo-se para trás do canapé. — Você devia mostrá-la toda para mim. Tenho muito interesse na arquitetura desse período.

Enquanto ele falava, Richard Amory retornou do escritório. Ignorando sua esposa e Carelli, foi até a caixa de medicamentos na mesinha de centro e começou a arrumar seu conteúdo.

– A Srta. Amory pode contar-lhe muito mais sobre esta casa do que eu – disse Lucia ao Dr. Carelli. – Pouco conheço sobre o assunto.

Olhando em torno para se certificar de que Richard Amory estava ocupado com as drogas, de que Edward Raynor e Barbara Amory ainda valsavam no extremo oposto do salão e de que Caroline Amory parecia cochilar, Carelli sentou-se ao lado de Lucia no canapé. Em voz baixa e urgente, perguntou:

– Fez o que pedi?

Com voz ainda mais baixa, quase um sussurro, Lucia disse, desesperada:

– Você não tem piedade?

– Fez o que lhe mandei fazer? – perguntou Carelli em tom mais insistente.

– Eu... eu... – começou Lucia, mas então, vacilante, se levantou, virou-se abruptamente e caminhou apressada até a porta que levava ao corredor. Girando a maçaneta, descobriu que a porta não abria.

– Há algo errado com esta porta – exclamou, voltando-se para encarar os outros. – Não consigo abri-la.

– O que é? – disse Barbara, ainda valsando com Raynor.

– Não consigo abrir esta porta – repetiu Lucia.

Barbara e Raynor pararam de dançar e foram até Lucia junto à porta. Richard Amory desligou o gramofone antes de juntar-se a eles. Revezaram-se tentando abrir a porta, mas sem sucesso, observados pela Srta. Amory, que estava acordada, mas ainda sentada, e pelo Dr. Carelli, parado junto à estante.

Sem que ninguém o notasse, Sir Claud emergiu de seu escritório, xícara de café na mão, e ficou parado por um momento, observando o grupo amontoado em volta da porta.

– Que coisa extraordinária – exclamou Raynor, desistindo de tentar abrir a porta. Virou-se para encarar os outros. – Parece que está emperrada, de alguma forma.

A voz de Sir Claud atravessou o cômodo, sobressaltando a todos.

– Oh, não, não está emperrada. Está trancada. Trancada por fora.

Sua irmã levantou-se e se aproximou de Sir Claud. Ela já ia falar, mas foi impedida por ele.

– Foi trancada por ordens minhas, Caroline – disse a ela.

Com todos os olhos sobre ele, Sir Claud caminhou até a mesinha, pegou um torrão de açúcar e pôs na sua xícara.

– Tenho algo a dizer a todos vocês – anunciou. – Richard, poderia tocar a sineta para chamar Treadwell?

Seu filho deu a impressão de que iria dizer algo. Porém, após uma pausa, ele foi até a lareira e apertou uma sineta na parede próxima.

– Sugiro que todos se sentem – continuou Sir Claud, apontando para as cadeiras.

O Dr. Carelli, erguendo as sobrancelhas, atravessou o salão para sentar-se no escabelo. Edward Raynor e Lucia pegaram cadeiras, enquanto Richard preferiu ficar de pé junto à lareira, parecendo intrigado. Caroline Amory e sua sobrinha Barbara ocuparam o canapé.

Quando estavam acomodados, Sir Claud ajeitou-se na poltrona de modo que pudesse ver a todos com facilidade.

A porta à esquerda se abriu, e o mordomo entrou.

– Chamou, Sir Claud?
– Sim, Treadwell. Ligou para o número que lhe dei?
– Sim, senhor.
– E a resposta foi satisfatória?

– Perfeitamente satisfatória, senhor.

– E um carro foi enviado à estação?

– Sim, senhor. Um carro foi aguardar a chegada do trem.

– Muito bem, Treadwell – disse Sir Claud. – Pode trancar agora.

– Sim, senhor – respondeu o mordomo, enquanto se retirava.

Após Treadwell ter fechado a porta atrás de si, todos puderam ouvir uma chave girando na fechadura.

– Claud – exclamou Caroline Amory. – O que diabo Treadwell pensa que está...

– Treadwell está seguindo minhas instruções, Caroline – interrompeu-a o irmão incisivamente.

Richard Amory dirigiu-se ao pai.

– Podemos saber o que significa tudo isso? – indagou friamente.

– Estou prestes a explicar – replicou Sir Claud. – Por favor, ouçam-me calmamente, todos vocês. Para começar, como agora percebem, aquelas duas portas – gesticulou na direção das duas portas do lado do corredor – estão trancadas por fora. Do meu escritório não há outro caminho senão através deste salão. As portas envidraçadas também estão trancadas. – Girando em sua poltrona, voltou-se para Carelli e explicou, como se abrindo um parêntese: – Trancadas, de fato, por um artefato de minha invenção, conhecido por minha família, mas que eles não sabem como desarmar. – Voltando a dirigir-se a todos, Sir Claud continuou: – Este lugar é uma ratoeira. – Consultou seu relógio. – Faltam agora 10 minutos para as 21 horas. Pouco depois disso, o caçador de ratos vai chegar.

– O *caçador de ratos*? – O rosto de Richard exprimia uma grande perplexidade. – Que caçador de ratos?

– Um detetive – explicou secamente o cientista, enquanto bebericava seu café.

5

O anúncio de Sir Claud foi recebido com consternação. Lucia soltou um grito abafado e seu marido fitou-a atentamente. A Srta. Amory emitiu um som agudo, Barbara exclamou "caramba!" e Edward Raynor contribuiu com um infeliz "Oh, Sir Claud!". Apenas o Dr. Carelli mostrou-se impassível.

Sir Claud acomodou-se melhor na poltrona, segurando sua xícara de café na mão direita e o pires na esquerda.

– Parece que provoquei meu pequeno efeito – observou, satisfeito. Terminando seu café, pousou a xícara e o pires sobre a mesinha com uma careta. – O café ficou estranhamente amargo esta noite – queixou-se.

A fisionomia de sua irmã registrou certo aborrecimento com a crítica feita ao café, o que ela tomou como uma crítica a sua administração doméstica. Estava a ponto de falar alguma coisa, quando Richard Amory se antecipou:

– Que detetive? – perguntou ao pai.

– Seu nome é Hercule Poirot – replicou Sir Claud. – É um belga.

– Mas por quê? – insistiu Richard. – Por que mandou chamá-lo?

– Boa pergunta – disse seu pai com um sorriso desagradável. – Agora chegamos ao ponto. Durante algum tempo, como a maioria de vocês sabe, estive empenhado em uma pesquisa atômica. Descobri um novo explosivo. Sua potência é tão grande, que tudo até agora testado nessa área não passará de brincadeira de criança comparado a ele. A maioria de vocês já sabe...

Carelli levantou-se rapidamente.

– Eu não sei – exclamou impaciente. – Estou muito interessado em ouvir a respeito.

– É mesmo, Dr. Carelli? – Sir Claud deu à frase convencionalmente sem sentido uma curiosa relevância, e Carelli, um tanto constrangido, voltou a sentar-se. – Como estava dizendo – continuou Sir Claud –, a potência da amorita, como a batizei, é tão grande que, onde até agora matamos milhares, poderemos matar agora centenas de milhares.

– Que coisa horrível – exclamou Lucia, estremecendo.

– Minha querida Lucia – sorriu-lhe tenuemente o sogro –, a verdade nunca é horrível.

– Mas por que – perguntou Richard – está nos contando tudo isso?

– Porque durante algum tempo tive razão para acreditar que alguém desta casa estava tentando roubar a fórmula da amorita. Pedi a Monsieur Poirot que se juntasse a nós amanhã para o fim de semana, de modo que pudesse levar a fórmula para Londres no domingo e entregá-la pessoalmente a um funcionário do Ministério da Defesa.

– Mas, Claud, isso é um absurdo. De fato, é uma ofensa gravíssima a todos nós – protestou Caroline Amory. – Não pode suspeitar seriamente...

– Ainda não acabei, Caroline – interrompeu seu irmão. – E asseguro-lhe que não há nada de absurdo em relação ao que estou dizendo. Repito, eu tinha convidado Hercule Poirot para vir amanhã, mas tive de mudar meus planos e pedi a Monsieur Poirot que se apressasse para vir de Londres esta noite. Tive que dar este passo porque...

Sir Claud fez uma pausa. Quando voltou a falar, foi com mais vagar e com uma ênfase muito mais deliberada.

– Porque – repetiu, enquanto seu olhar varria todos os presentes – a fórmula, escrita numa folha comum de bloco e fechada num envelope comprido, foi roubada do cofre do meu escritório antes do jantar desta noite. Foi roubada por alguém presente aqui neste salão!

Um coro de exclamações chocadas saudou a declaração do eminente cientista. A seguir, todo mundo começou a falar ao mesmo tempo.

— Fórmula roubada? — começou Caroline Amory.

— O quê?! Do cofre? Impossível! — exclamou Edward Raynor.

A babel de vozes não incluiu a do Dr. Carelli, que permaneceu sentado, com uma expressão pensativa. Os outros, contudo, só silenciaram quando Sir Claud ergueu a voz e continuou:

— Tenho o hábito de me certificar dos meus fatos — assegurou aos ouvintes. — Exatamente às 19h20, coloquei a fórmula no cofre. Quando deixei o escritório, Raynor entrou aqui.

Enrubescendo tanto de embaraço quanto de raiva, o secretário começou:

— Sir Claud, realmente devo protestar...

Sir Claud ergueu a mão para silenciá-lo.

— Raynor permaneceu no escritório — continuou — e ainda estava lá, trabalhando, quando o Dr. Carelli apareceu à porta. Após cumprimentá-lo, Raynor deixou Carelli sozinho no escritório enquanto saía para contar a Lucia...

— Protesto... eu... — começou Carelli, mas novamente Sir Claud ergueu a mão pedindo silêncio e continuou sua narrativa:

— Raynor, porém, não foi mais longe do que até a porta deste salão, onde encontrou minha irmã Caroline com Barbara. Os três permaneceram aqui, e o Dr. Carelli juntou-se a eles. Caroline e Barbara foram as únicas do grupo a não entrar no escritório.

Barbara relanceou para a tia e depois dirigiu-se a Sir Claud.

— Receio que sua informação sobre nossos movimentos não esteja inteiramente correta, tio Claud — disse ela. — Não posso ser excluída da sua lista de suspeitos. Está lembrada, tia Caroline? A senhora me mandou ir ao escritório procurar uma agulha de tricô que disse ter perdido e imaginava que estivesse por lá.

Ignorando a interrupção da sobrinha, o cientista continuou:

— Richard foi o próximo a chegar. Ficou perambulando pelo escritório e lá permaneceu por alguns minutos.

— Meu Deus! — exclamou Richard. — Francamente, pai, não está suspeitando de que eu roubaria sua mísera fórmula, está?

Olhando diretamente para o filho, Sir Claud respondeu, significativamente:

— Aquele pedaço de papel vale uma mala cheia de dinheiro.

— Entendo. — Seu filho o fitou com firmeza. — E eu tenho dívidas. É isto que quer dizer, não?

Sir Claud não lhe deu resposta. Seu olhar varreu os outros, e ele continuou:

— Como estava dizendo, Richard permaneceu no escritório por alguns minutos. Reapareceu neste salão justamente quando Lucia entrou. Quando o jantar foi anunciado, poucos minutos depois, Lucia não estava mais conosco. Fui encontrá-la no escritório de pé ao lado do cofre.

— Pai! — exclamou Richard, movendo-se para sua esposa e pondo um braço protetor em torno dela.

— Repito, de pé junto ao cofre — insistiu Sir Claud. — Ela parecia muito agitada, e quando perguntei qual era o problema, ela me disse que se sentia mal. Sugeri que um copo de vinho lhe faria bem. Ela garantiu-me, porém, que já estava se recuperando e deixou-me para se juntar aos outros. Em vez de seguir Lucia imediatamente para a sala de jantar, permaneci em meu escritório. Não sei por quê, mas algum instinto me impeliu a dar uma olhada no cofre. O envelope com a fórmula havia desaparecido.

Houve uma pausa. Ninguém falava. A imensa seriedade da situação parecia estar começando a recair sobre todo mundo. Então, Richard perguntou:

— Como reuniu essas informações acerca dos nossos movimentos, pai?

— Por palpite, é claro — replicou Sir Claud. — Por observação e dedução. Pela evidência de meus próprios olhos e pelo que descobri interrogando Treadwell.

— Notei que não incluiu Treadwell ou qualquer dos outros criados na sua lista de suspeitos, Claud — observou Caroline Amory, mordaz. — Apenas sua família.

– Minha família... e nossos hóspedes – corrigiu seu irmão. – É isso, Caroline. Concluí, para minha própria satisfação, que nem Treadwell nem qualquer um dos criados estiveram no escritório entre o tempo em que coloquei a fórmula no cofre e a hora em que o reabri para descobrir que ela havia desaparecido. – Ele olhou de um para outro, antes de acrescentar: – Espero que a situação esteja clara para todos vocês. Quem quer que tenha roubado a fórmula, ainda está com ela. Desde que retornei para cá após a refeição, a sala de jantar foi totalmente vasculhada. Treadwell teria me informado se um pedaço de papel estivesse escondido por lá. E, como agora percebem, providenciei para que ninguém tenha a chance de sair deste salão.

Por alguns momentos houve um silêncio tenso, quebrado apenas quando o Dr. Carelli perguntou, educadamente:

– Está sugerindo então, Sir Claud, que devemos ser todos revistados?

– Não é sugestão minha – replicou Sir Claud, consultando o relógio. – Faltam agora 2 minutos para as 21 horas. Hercule Poirot já deverá ter chegado a Market Cleve, onde será apanhado. Exatamente às 21 horas, Treadwell tem ordens de desligar a chave geral de luz no porão. Por um minuto, ficaremos em total escuridão neste salão, e apenas por um minuto. Quando as luzes forem reacesas, as coisas não estarão mais sob meu controle. Hercule Poirot chegará dentro em pouco e passará a cuidar do caso. Mas se, sob a cobertura da escuridão, a fórmula for colocada aqui – Sir Claud bateu com a mão sobre a mesa –, então informarei a Monsieur Poirot que cometi um erro e que não necessito mais dos seus serviços.

– Esta é uma sugestão ultrajante – declarou Richard, com veemência. Olhou em torno para os outros. – Digo que devíamos ser todos revistados. Eu, certamente, estou à disposição.

– Eu também, é claro – Edward Raynor se apressou em anunciar.

Richard Amory olhou incisivamente para o Dr. Carelli. O italiano sorriu e deu de ombros.

– Eu também.

O olhar de Richard voltou-se para a tia.

– Muito bem, se todos devemos ser revistados, que seja – resmungou ela.

– Lucia? – perguntou Richard, virando-se para sua esposa.

– Não, não, Richard – replicou Lucia, ofegante. – O plano de seu pai é melhor.

Richard fitou-a por um momento em silêncio.

– Bem, Richard? – indagou Sir Claud.

Um suspiro profundo foi inicialmente sua única resposta. Depois, ele disse:

– Muito bem, concordo. – Olhou para sua prima Barbara, que fez um gesto de assentimento.

Sir Claud recostou-se na poltrona, cansado, e falou em voz lenta e arrastada:

– O gosto do café continua em minha boca – disse ele e bocejou.

O relógio na cornija da lareira começou a badalar, e houve silêncio total, enquanto todos se viravam para ouvir. Sir Claud voltou-se lentamente em sua poltrona e olhou com firmeza para seu filho. Na última badalada das 21 horas, as luzes subitamente se apagaram e a biblioteca mergulhou na escuridão.

Houve uns poucos arquejos e algumas exclamações abafadas das mulheres, e então a voz da Srta. Amory soou claramente:

– Não ligo a mínima para tudo isso.

– Fique calada, tia Caroline – ordenou-lhe Barbara. – Estou tentando ouvir.

Por alguns segundos, fez-se silêncio absoluto, seguido pelos sons de respiração pesada, e depois de um farfalhar de papel. Novamente silêncio, antes que todos ouvissem uma espécie de tinido metálico, o som de algo rasgando e um alto estrondo, que devia ter sido uma cadeira tombando.

De repente, Lucia gritou:

– Sir Claud! Sir Claud! Não posso suportar isso! Preciso de luz. Alguém faça algo, por favor!

O salão permanecia às escuras. Houve um intenso resfolegar e depois uma batida forte à porta que dava para o corredor. Lucia gritou de novo. Como se em resposta, as luzes de súbito reacenderam.

Richard agora se achava parado à porta, evidentemente incapaz de decidir se tentava ou não abri-la. Edward Raynor estava de pé junto à sua cadeira, que havia virado. Lucia recostava-se na sua, como se a ponto de desfalecer.

Sir Claud sentava-se absolutamente imóvel na poltrona, os olhos fechados. Seu secretário apontou de repente para a mesa ao lado do patrão.

– Vejam – exclamou. – A fórmula!

Na mesa perto de Sir Claud havia um envelope comprido, do tipo que ele descrevera anteriormente.

– Graças a Deus! – gritou Lucia. – Graças a Deus!

Ouviu-se outra batida à porta, que agora se abriu lentamente. A atenção de todos fixou-se na soleira, enquanto Treadwell introduzia um estranho e se retirava em seguida.

Os presentes olharam fixamente para o estranho. O que viram foi um homem que parecia incomumente baixo, pouco mais de 1,60 metros, mas que ostentava grande dignidade. A cabeça tinha exatamente o formato de um ovo, e ele a sustentava levemente inclinada, como um cão de caça farejando. Seu bigode era distintamente engomado e militar. Estava impecavelmente vestido.

– Hercule Poirot às suas ordens – disse o estranho com uma reverência.

Richard Amory estendeu-lhe a mão.

– Monsieur Poirot – disse, enquanto trocavam um aperto de mão.

– Sir Claud? – indagou Poirot. – Ah, não, você é muito jovem, claro. Filho dele, talvez? – Ele passou por Richard e foi até o centro do salão. Atrás dele, outro homem, alto, de meia-idade e porte militar, tinha entrado discretamente. Enquanto se movia para o lado de Poirot, o detetive anunciou: – Meu colega, o capitão Hastings.

– Que salão aconchegante – observou Hastings, trocando um aperto de mão com Richard Amory.

Richard voltou-se para Poirot.

– Desculpe, Monsieur Poirot – disse ele –, mas receio que o trouxemos aqui movidos por apreensão infundada. Não há mais necessidade dos seus serviços.

– Não mesmo? – replicou Poirot.

– Sim, lamento – continuou Richard. – É muito desagradável, deslocar-se todo o caminho de Londres até aqui. É claro que seus honorários... e despesas... quero dizer... bem, tudo será acertado, claro...

– Compreendo perfeitamente – disse Poirot –, mas no momento não estou interessado em minhas despesas e honorários.

– Não? Então o que... ahn...

– O que me interessa, Sr. Amory? Eu lhe direi. É somente uma pequena questão, de menor importância, claro. Mas foi o seu pai quem mandou me chamar. Por que ele não está aqui para me mandar de volta?

– Ah, claro, desculpe – disse Richard, virando-se para Sir Claud. – Pai, poderia dizer a Monsieur Poirot que não precisamos mais dos serviços dele?

Sir Claud não respondeu.

– Pai! – exclamou Richard, movendo-se rapidamente em direção à poltrona de Sir Claud. Debruçou-se sobre ele e depois olhou em volta, perturbado. – Dr. Carelli – chamou.

A Srta. Amory se levantou, pálida. Carelli foi rapidamente até Sir Claud e tomou sua pulsação. Franzindo o cenho, pôs a mão sobre o coração de Sir Claud e depois balançou a cabeça.

Poirot se aproximou devagar da poltrona e ficou ali parado, olhando para o corpo imóvel do cientista.

– É... receio... – murmurou o detetive, como se para si mesmo. – Receio muito mesmo...
– Receia o quê? – perguntou Barbara, indo até ele.
Poirot olhou para ela.
– Receio que Sir Claud tenha mandado me buscar tarde demais, senhorita.

6

A consternação seguiu-se à declaração de Hercule Poirot. O Dr. Carelli continuou a examinar Sir Claud por alguns instantes antes de se empertigar e virar-se para os outros. Dirigiu-se a Richard Amory:

– Temo que seu pai esteja morto – confirmou.

Richard olhou-o fixamente com descrença, como se incapaz de assimilar as palavras do médico. Depois, perguntou:

– Meu Deus... o que foi? Ataque cardíaco?

– Eu... suponho que sim – replicou Carelli um tanto duvidoso.

Barbara foi até a tia para confortá-la, pois a Srta. Amory parecia preste a desmaiar. Edward Raynor juntou-se a elas, ajudando a amparar a Srta. Amory e sussurrando para Barbara enquanto o fazia:

– Esse camarada é médico mesmo?

– Sim, mas médico italiano – murmurou Barbara em resposta, enquanto acomodavam a Srta. Amory numa cadeira. Entreouvindo o comentário de Barbara, Poirot balançou energicamente a cabeça. Depois, alisando seu exuberante bigode com um cuidado exagerado, sorriu e comentou delicadamente:

– Quanto a mim, sou um detetive... mas apenas um detetive belga. Não obstante, senhora, nós, estrangeiros, de vez em quando, chegamos à explicação correta.

Barbara teve o bom senso de pelo menos parecer meio constrangida. Ela e Raynor continuaram a conversar por mais alguns instantes, mas então Lucia abordou Poirot, pegando-o pelo braço e afastando-o dos demais.

– Monsieur Poirot – pediu ela, arquejante –, o senhor precisa ficar! Não deve permitir que o mandem embora.

Poirot fitou-a com firmeza. Seu rosto permaneceu impassível, enquanto lhe perguntava:

– Deseja mesmo que eu fique, *madame*?

– Sim, sim – replicou Lucia, lançando um olhar ansioso para o corpo de Sir Claud, ainda sentado na sua posição ereta na poltrona. – Há algo de errado em tudo isto. O coração de meu sogro estava perfeitamente bem. Perfeitamente, eu lhe digo. Por favor, Monsieur Poirot, precisa descobrir o que aconteceu.

O Dr. Carelli e Richard Amory continuaram a rondar perto do corpo de Sir Claud. Richard, numa indecisão agoniada, parecia quase petrificado em sua imobilidade.

– Eu sugeriria, Sr. Amory – insistiu o Dr. Carelli –, que mandasse chamar o médico particular de seu pai. Ele tinha um, não?

Richard recobrou-se com esforço.

– Como? Oh, sim – respondeu. – O Dr. Graham. O jovem Kenneth Graham. Ele tem consultório na cidade. Na verdade, ele tem uma queda pela minha prima Barbara. Quero dizer... ah, desculpe, isso é irrelevante, não? – Olhando através do salão para Barbara, ele a chamou. – Qual é o telefone de Kenneth Graham?

– Market Cleve, 5 – disse Barbara. Richard foi até o telefone, tirou-o do gancho e pediu a ligação.

Enquanto esperava, Edward Raynor, lembrando-se dos seus deveres de secretário, perguntou-lhe:

– Acha que eu devia pedir o carro para Monsieur Poirot?

Poirot fez um gesto escusatório com as mãos. Já ia falar, quando Lucia se antecipou:

– Monsieur Poirot vai ficar... a meu pedido – anunciou ela para todos.

Ainda com o fone no ouvido, Richard voltou-se, atônito.
– Como assim? – perguntou à esposa, secamente.
– Sim, sim, Richard, ele deve ficar – insistiu Lucia. Sua voz soava quase histérica.

A Srta. Amory pareceu consternada, Barbara e Edward trocaram olhares preocupados, o Dr. Carelli olhou pensativo para o corpo sem vida do grande cientista, enquanto Hastings, que se mantivera com o pensamento distante, examinando os livros nas estantes da biblioteca, virou-se para observar os presentes.

Richard estava prestes a responder ao rompante de Lucia quando teve a atenção desviada pelo telefone que empunhava.
– Ah, sim... É o Dr. Graham? Kenneth, aqui é Richard Amory. Meu pai teve um ataque cardíaco. Pode vir aqui agora?... Bem, na verdade, creio que já não há mais nada a fazer... Sim, está morto... Não... receio que sim... obrigado. – Repondo o fone no gancho, atravessou o salão até sua esposa e em voz baixa e agitada sussurrou: – Lucia, está louca? O que você fez? Não percebe que precisamos nos livrar desse detetive?

Atônita, Lucia levantou-se da cadeira.
– O que quer dizer? – retrucou.

Sua discussão prosseguiu em voz baixa, porém insistente.
– Não ouviu o que papai disse? – Com o tom de voz repleto de significado, ele repetiu: – "O café está muito amargo."

De início, Lucia pareceu não entender.
– O café está muito amargo? – repetiu ela. Olhou para Richard sem entender por um momento, depois soltou um grito de terror, que rapidamente abafou.
– Está vendo? Entende agora? – perguntou Richard. Baixando a voz para um sussurro, acrescentou: – Ele foi envenenado. E obviamente por um membro da família. Você não quer um escândalo horrível, quer?
– Oh, meu Deus – murmurou Lucia, olhando direto à frente. – Oh, Deus misericordioso.

Afastando-se dela, Richard abordou Poirot.

— Monsieur Poirot... — começou, depois hesitou.

— Sim? — indagou Poirot, polidamente.

Reunindo toda a sua determinação, Richard continuou:

— Monsieur Poirot, receio não ter entendido direito o que minha esposa lhe pediu para investigar.

Poirot refletiu por um momento antes de responder. Depois, com um sorriso agradável, disse:

— Diremos, o roubo de um documento? Pelo que a senhorita me contou — continuou, gesticulando na direção de Barbara —, foi para isso que fui chamado.

Lançando um olhar reprovador para Barbara, Richard disse a Poirot:

— O documento em questão já... apareceu.

— Já? — perguntou Poirot, seu sorriso ficando ainda mais enigmático. O pequeno detetive subitamente recebeu a atenção de todos os presentes enquanto caminhava para a mesa no centro da sala e olhava para o envelope sobre ela, que havia sido quase esquecido pela comoção causada pela descoberta da morte de Sir Claud.

— O que quer dizer? — quis saber Richard.

Poirot deu uma torcida cheia de floreios no seu bigode e espanou cuidadosamente um grão imaginário de poeira de sua manga. Depois disse:

— É simplesmente uma ideia minha... tola, sem dúvida — respondeu por fim o detetive. — Veja bem, outro dia alguém me contou uma história muito divertida. A história do frasco vazio... não havia nada nele.

— Desculpe, não estou entendendo — declarou Richard Amory.

Pegando o envelope da mesa, Poirot murmurou:

— Exatamente o que pensei... — Ele olhou para Richard, que pegou o envelope da mão de Poirot e o verificou por dentro.

— Está vazio! — exclamou Richard. Amassando o envelope, lançou-o sobre a mesa e olhou inquisitivamente para Lucia, que se afastou dele. – Então – continuou, indeciso –, suponho que devemos ser revistados... nós...

A voz de Richard se extinguiu, e ele olhou em torno da sala como se buscando orientação. Deparou com o ar confuso de Barbara e da tia, a indignação de Edward Raynor e a brandura do Dr. Carelli. Lucia continuou evitando seu olhar.

– Por que não segue meu conselho, senhor? – sugeriu Poirot. – Não fazer nada até o médico chegar? Diga-me – continuou, apontando na direção do escritório –, aquela porta dá para onde?

– Ali fica o escritório de meu pai – disse Richard. Poirot atravessou a sala até a porta, esticou o pescoço para olhar lá dentro e depois retornou à sala, acenando como se estivesse satisfeito.

– Entendo – murmurou. A seguir, dirigindo-se a Richard, acrescentou: – *Eh bien, monsieur.* Não vejo necessidade de vocês permanecerem nesta sala, caso não desejem ficar.

Houve uma agitação de alívio geral. O Dr. Carelli foi o primeiro a caminhar para sair.

– Fica bem entendido, é claro – anunciou Poirot, olhando para o médico italiano –, que ninguém deve deixar a casa.

– Ficarei responsável por isso – declarou Richard, enquanto Barbara e Raynor saíam juntos, seguidos por Carelli. Caroline Amory se demorou junto à cadeira do irmão.

– Pobre Claud – murmurou para si. – Meu pobre e querido Claud.

Poirot se aproximou dela.

– Deve ter coragem, senhorita – disse-lhe. – Sei que teve um grande choque.

A Srta. Amory olhou para ele com lágrimas nos olhos.

– Fico feliz por ter mandado o cozinheiro fazer linguado frito esta noite – disse ela. – Era um dos pratos favoritos de meu irmão.

Com uma valente tentativa de parecer sério e combinar com a solenidade da elocução dela, Poirot respondeu:

– Sim, sim, isso deve ser um enorme consolo para a senhorita, tenho certeza. – Ele conduziu Caroline Amory para fora da sala.

Richard seguiu a tia e, após momentânea hesitação, Lucia retirou-se rapidamente. Poirot e Hastings ficaram sozinhos ali com o cadáver de Sir Claud.

7

Tão logo a sala ficou vazia, Hastings dirigiu-se ansioso a Poirot:
– Bem, o que você acha?
– Feche a porta, por favor, Hastings – foi a única resposta que recebeu. Enquanto o amigo obedecia, Poirot balançou a cabeça lentamente e olhou em torno. Circulou, lançando um olhar para a mobília e observando o assoalho aqui e ali. De repente, parou para examinar a cadeira tombada, a cadeira na qual Edward Raynor estivera sentado quando as luzes se apagaram. Poirot recolheu um pequeno objeto que estava debaixo da cadeira.
– O que encontrou? – perguntou-lhe Hastings.
– Uma chave – respondeu Poirot. – Parece uma chave de cofre. Notei um cofre no escritório de Sir Claud. Faria a bondade, Hastings, de experimentar esta chave e ver se serve?

Hastings pegou a chave e foi até o escritório. Enquanto isso, Poirot se aproximou do corpo do cientista morto e, tateando o bolso da calça, retirou dele um molho de chaves, examinando atentamente cada uma delas. Hastings retornou, informando a Poirot que, de fato, a chave se ajustava ao cofre no escritório.
– Acho que posso adivinhar o que aconteceu – disse Hastings. – Imagino que Sir Claud deve tê-la deixado cair e... hã...

Ele se interrompeu e Poirot sacudiu lentamente a cabeça, em dúvida.

– Não, não *mon ami*, me dê a chave, por favor – pediu, franzindo o cenho com perplexidade. Recebeu a chave de Hastings e comparou-a com uma das chaves do molho. Depois, colocando-as de volta no bolso do cientista, ficou segurando a única chave. – Isto – disse a Hastings – é uma duplicata. É, de fato, bastante grosseira, mas sem dúvida serviu ao objetivo.

Em grande empolgação, Hastings exclamou:

– Então isso significa...

Ele foi interrompido por um gesto de aviso de Poirot. Ouviram o som de uma chave girando na fechadura da porta que conduzia ao vestíbulo da frente e à escadaria para os andares superiores da casa. Ela se abriu lentamente, enquanto os dois homens se viravam. Treadwell, o mordomo, parou na soleira.

– Desculpe-me, senhor – disse Treadwell, enquanto entrava e fechava a porta atrás de si. – O patrão me mandou trancar esta porta, bem como a outra que leva para fora desta sala, até que o senhor chegasse. O patrão... – Ele parou ao ver a figura imóvel de Sir Claud na cadeira.

– Receio que seu patrão esteja morto – disse-lhe Poirot. – Posso saber seu nome?

– Treadwell, senhor. – O mordomo seguiu até a frente da mesa, olhando para o corpo do patrão. – Oh, pobre Sir Claud! – murmurou. Virando-se para Poirot, acrescentou: – Por favor, desculpe-me, senhor, mas é um choque terrível. Posso perguntar o que aconteceu? Foi... assassinato?

– Por que perguntaria isso? – disse Poirot.

Baixando a voz, o mordomo respondeu:

– Coisas estranhas andaram acontecendo esta noite, senhor.

– É? – exclamou Poirot, trocando olhares com Hastings. – Conte-me sobre essas coisas estranhas.

– Bem, mal sei por onde começar, senhor – respondeu Treadwell. – Eu... acho que comecei a sentir que algo estava errado quando o cavalheiro italiano chegou para o chá.

– O cavalheiro italiano?

— O Dr. Carelli, senhor.
— Ele veio para o chá sem ser esperado? — perguntou Poirot.
— Sim, senhor. E a Srta. Amory convidou-o a ficar para o jantar, ao perceber que era um amigo da esposa do Sr. Richard. Mas se me perguntar, senhor...

Ele parou. Poirot gentilmente o incentivou.
— Sim?
— Espero que entenda, senhor — disse Treadwell —, que não tenho o costume de fazer comentários sobre a família. Mas ao ver que o patrão está morto...

Ele fez nova pausa, e Poirot murmurou com simpatia:
— Sim, sim, eu entendo. Estou certo de que era muito ligado ao seu patrão. — Treadwell assentiu, e Poirot continuou: — Sir Claud me chamou a fim de me contar alguma coisa. Deve me dizer tudo que puder.

— Bem, então — respondeu Treadwell —, em minha opinião, senhor, a Sra. Richard Amory não queria que convidassem o cavalheiro italiano para jantar. Observei o rosto dela quando a Srta. Amory fez o convite.

— Qual é a sua impressão sobre o Dr. Carelli? — quis saber Poirot.

— O Dr. Carelli, senhor — replicou o mordomo um tanto arrogante —, não é um dos nossos.

Sem entender por completo a observação de Treadwell, Poirot olhou inquisitivamente para Hastings, que se virou para esconder um sorriso. Lançando ao colega um olhar de suave reprovação, Poirot voltou-se de novo para Treadwell. A expressão do mordomo permanecia perfeitamente séria.

Poirot perguntou-lhe:
— Sentiu algo de estranho na vinda do Dr. Carelli à casa, do modo como se deu?

— Exatamente, senhor. Não foi natural, de alguma forma. E foi depois de sua chegada que a confusão começou, com o patrão mandando-me buscar o senhor mais cedo esta noite e dando ordens para trancar as portas. A esposa do Sr. Richard também não esteve bem toda a noite. Teve de deixar a mesa de jantar. O Sr. Richard ficou muito contrariado por causa disso.

– Ah – disse Poirot –, ela teve de deixar a mesa? E veio para esta sala?

– Sim, senhor – replicou Treadwell.

Poirot olhou em torno. Seu olhar iluminou-se ao ver a bolsa que Lucia deixara sobre a mesa.

– Vejo que uma das damas esqueceu a bolsa – comentou ele, enquanto a pegava.

Chegando mais perto dele para olhar a bolsa, Treadwell disse a Poirot:

– Pertence à Sra. Richard Amory, senhor.

– Sim – confirmou Hastings. – Notei que estava aí pouco antes de ela deixar a sala.

– Pouco antes de ela deixar a sala, hein? – disse Poirot. – Curioso. – Ele, pôs a bolsa sobre o canapé, franziu o cenho em perplexidade e ficou ali parado, perdido em pensamentos.

– A respeito de trancar as portas, senhor – continuou Treadwell após uma breve pausa. – O patrão me disse...

Subitamente tirado de seus devaneios, Poirot interrompeu o mordomo.

– Sim, sim, preciso ouvir tudo a respeito. Deixe-nos entrar aqui – sugeriu ele, indicando a porta principal da casa.

Treadwell foi até a porta, seguido por Poirot. Hastings, contudo, declarou, dando-se ares de importância:

– Acho que é melhor eu ficar aqui.

Poirot virou-se e observou Hastings ironicamente.

– Não, não, por favor, venha conosco – insistiu com o colega.

– Mas você não acharia melhor... – começou Hastings, quando Poirot o interrompeu, agora falando de modo solene e significativo:

— Preciso de sua cooperação, meu amigo — disse.

— Bem, nesse caso, claro...

Os três deixaram a sala juntos, fechando a porta atrás deles. Não mais que uns poucos segundos mais tarde, a porta de acesso ao corredor abriu-se cautelosamente, e Lucia entrou de modo furtivo. Após um olhar apressado ao redor da sala, como que para assegurar-se de que não havia ninguém ali, ela se aproximou da mesa redonda no centro do cômodo e pegou a xícara de café de Sir Claud. Um ar duro e sagaz formou-se em seus olhos, negando sua habitual aparência inocente, e ela pareceu de repente bem mais velha.

Lucia ainda estava ali parada com a xícara nas mãos, como se indecisa sobre o que fazer, quando a outra porta, que conduzia à frente da casa, abriu-se, e Poirot entrou sozinho na biblioteca.

— Permita-me, senhorita — disse Poirot, obrigando Lucia a parar abruptamente. Caminhou até ela e tomou a xícara de suas mãos com um ar de alguém se permitindo um gesto de mera polidez.

— Eu... eu... voltei para buscar minha bolsa — gaguejou Lucia.

— Ah, sim — disse Poirot. — Bem, deixe-me ver... onde foi mesmo que vi uma bolsa de senhora?... Ah, sim, bem ali. — Ele foi até o canapé, pegou a bolsa e entregou-a a Lucia.

— Muito obrigada — disse ela, olhando distraidamente em volta enquanto falava.

— Não há de quê, senhora.

Após um breve sorriso nervoso para Poirot, Lucia deixou rapidamente a sala. Quando já havia saído, Poirot ficou parado por um momento e depois pegou a xícara de café. Após cheirá-la cautelosamente, tirou um tubo de ensaio do bolso, pingou dentro dele umas gotas do resto do café e fechou-o. Recolocando o tubo de ensaio no bolso, começou então a olhar em volta da sala, contando as xícaras em voz alta:

— Uma, duas, três, quatro, cinco, seis. Sim, seis xícaras de café.

Um franzir perplexo começava a se formar entre as sobrancelhas de Poirot, quando seus olhos de súbito brilharam com aquela luz verde que sempre se relacionava a emoções interiores. Dirigindo-se rapidamente à porta que cruzara pouco antes, ele a abriu, batendo-a ruidosamente atrás de si, a seguir disparou até as portas envidraçadas, escondendo-se atrás das cortinas. Momentos depois, a outra porta, a única que dava para o corredor, abriu-se de novo, e Lucia entrou, desta vez mais cautelosa do que antes, parecendo estar muito mais autoconfiante. Olhando em torno numa tentativa de manter ambas as portas dentro de seu campo de visão, ela se apossou da xícara de café que Sir Claud usara e vasculhou toda a sala.

Seu olhar iluminou-se ao se fixar na pequena mesa perto da porta do corredor, sobre a qual havia um vaso de planta. Indo até a mesa, Lucia colocou a xícara de café emborcada dentro do vaso. Depois, ainda de olho na porta, pegou uma das três outras xícaras e colocou-a perto do cadáver de Sir Claud. A seguir, foi rapidamente até a porta, mas ao alcançá-la, a porta se abriu, e seu marido Richard entrou com um homem muito alto e ruivo, de seus 30 e poucos anos, cujo semblante, embora amigável, tinha em si um ar de autoridade. O recém-chegado carregava uma valise.

– Lucia! – exclamou Richard, atônito. – O que está fazendo aqui?

– Eu... eu... vim pegar minha bolsa – explicou Lucia. – Olá, Dr. Graham. Desculpe-me, por favor – acrescentou ela, passando apressada por eles. Enquanto Richard a observava se afastar, Poirot emergiu de trás das cortinas, aproximando-se dos dois homens como se tivesse acabado de entrar na sala pela outra porta.

– Ah, eis Monsieur Poirot. Deixe-me fazer as apresentações. – Poirot, este é o Dr. Graham. Kenneth Graham. – Poirot e o médico fizeram mesuras um para o outro, e o Dr. Graham se encaminhou imediatamente para o corpo do cientista morto a fim de examiná-lo, observado por Richard. Hercule Poirot, em quem não prestaram maior atenção, movimentou-se pela sala, contando de novo as xícaras de café com um sorriso.

– Um, dois, três, quatro, cinco – murmurou. – Cinco, de fato. – Uma luz de puro contentamento clareou o rosto de Poirot, que sorriu enigmaticamente. Tirando o tubo de ensaio do bolso, ele o examinou e lentamente balançou a cabeça.

Enquanto isso, o Dr. Graham concluía um exame superficial do corpo de Sir Claud Amory.

– Receio – disse ele para Richard – que não vou poder expedir um atestado de óbito. Sir Claud estava em perfeitas condições de saúde, e me parece extremamente improvável que ele pudesse ter sofrido um súbito ataque cardíaco. Acho que teremos de descobrir o que ele comeu ou bebeu nas suas últimas horas.

– Deus do céu, mas, isso é realmente necessário? – perguntou Richard, com uma nota de alarme em sua voz. – Ele não comeu ou bebeu nada que o resto de nós não tenha comido ou bebido. É um absurdo sugerir...

– Não estou sugerindo nada – interrompeu o Dr. Graham, falando em voz firme e cheia de autoridade. – Estou lhe dizendo que, por lei, terá de haver um inquérito, e o encarregado certamente vai querer saber a causa da morte. No momento, eu simplesmente não sei dizer o que causou a morte de Sir Claud. O corpo será removido e providenciarei para que uma autópsia seja realizada pela manhã, em caráter de urgência. Talvez amanhã eu traga alguma resposta.

Ele deixou rapidamente a biblioteca, seguido por um Richard ainda protestando. Poirot observou-os sair, depois assumiu uma expressão intrigada, enquanto se virava para olhar de novo o corpo do homem que o havia chamado em Londres com tamanha urgência na voz. "O que desejava me contar, meu amigo? Fico imaginando. O que temia?", pensou. "Era simplesmente o roubo da fórmula, ou temia também pela sua vida? Você confiou em Hercule Poirot para ajudar. Pediu ajuda tarde demais, mas tentarei descobrir a verdade."

Balançando a cabeça pensativamente, Poirot estava a ponto de deixar a biblioteca quando Treadwell entrou.

— Já mostrei o quarto ao outro cavalheiro, senhor — disse ele a Poirot. — Posso mostrar o seu, que fica contíguo, no topo das escadas? Também tomei a liberdade de providenciar uma pequena ceia de frios para ambos, que fizeram tão longa viagem. No caminho até lá em cima lhe mostrarei onde fica a sala de jantar.

Poirot inclinou a cabeça, concordando educadamente.

— Muito obrigado, Treadwell — disse ele. — A propósito, eu ia aconselhar o Sr. Amory com mais veemência de que esta sala deve ser mantida trancada até amanhã, quando teremos mais informações sobre a desventurada ocorrência desta noite. Faria a gentileza de cuidar disso depois que sairmos?

— Mas é claro, senhor, se assim deseja — replicou Treadwell, enquanto o precedia em direção à saída da biblioteca.

8

Quando Hastings desceu para o desjejum, já tarde na manhã seguinte, após uma longa noite bem dormida, descobriu que ia comer sozinho. Soube pelo mordomo que Edward Raynor tomara seu café da manhã muito mais cedo e que voltara para o quarto a fim de pôr em ordem alguns papéis de Sir Claud, que o Sr. e Sra. Amory fizeram seu desjejum na sua suíte e ainda não tinham aparecido, e que Barbara Amory bebera uma xícara de café no jardim, onde provavelmente ainda estava tomando seu banho de sol. A Srta. Caroline Amory pedira o desjejum no quarto, queixando-se de uma leve dor de cabeça, e depois disso Treadwell não a vira mais.

— Conseguiu ter um vislumbre de Monsieur Poirot esta manhã, Treadwell? — perguntou Hastings. O mordomo lhe disse que seu amigo se levantara cedo e decidira dar um passeio na aldeia.

– Entendi Monsieur Poirot dizer que tinha alguns negócios a resolver lá – acrescentou Treadwell.

Após terminar um farto desjejum de bacon, salsicha com ovos, torrada e café, Hastings retornou a seu confortável quarto no primeiro andar, que oferecia uma esplêndida vista de uma parte do jardim e, por uns poucos minutos que Hastings achou gratificantes, também do banho de sol de Barbara Amory. Só após Barbara entrar foi que Hastings se acomodou numa poltrona com o *Times* daquela manhã, que, claro, fora impresso cedo demais para conter qualquer menção à morte de Sir Claud na noite anterior.

Hastings virou a página do editorial e começou a ler. Cerca de meia hora mais tarde, acordou de um ligeiro cochilo para descobrir Hercule Poirot parado de pé diante dele.

– Ah, *mon cher*, vejo que está trabalhando duro no caso – ironizou Poirot.

– De fato, Poirot, estive pensando nos acontecimentos da noite passada por um bocado de tempo – assegurou Hastings. – Eu devo ter adormecido.

– E por que não, meu amigo? – assegurou-lhe Poirot. – Estive pensando sobre a morte de Sir Claud também e, claro, no roubo dessa fórmula tão importante. Na verdade, já tomei certa providência e aguardo a qualquer momento um telefonema para confirmar uma suspeita que tenho.

– Do que ou de quem você suspeita, Poirot? – perguntou Hastings, ansioso.

Poirot olhou pela janela antes de responder.

– Não, acho que ainda não posso contar-lhe a esta altura do jogo, meu amigo – respondeu ele, malévolo. – Vamos apenas dizer que, tal como os mágicos no palco gostam de nos dizer, a rapidez da mão ilude o olho.

– Francamente, Poirot – exclamou Hastings –, às vezes você pode ser extremamente irritante. Acho que devia ao menos me contar quem você suspeita que roubou a fórmula. Afinal, eu poderia ser capaz de ajudá-lo a...

Poirot interrompeu seu colega com um gesto vago da mão. O pequeno detetive ostentava agora sua expressão mais inocente e olhava a distância pela janela, pensativo.

– Está intrigado, Hastings? – perguntou. – Está se perguntando por que não me lanço à perseguição de um suspeito?

– Bem... mais ou menos isso – admitiu Hastings.

– Não há dúvida de que você faria isso se estivesse em meu lugar – observou Poirot, complacente. – Eu entendo. Mas não sou daqueles que gostam de sair correndo às cegas, procurando uma agulha num palheiro, como vocês ingleses dizem. No momento, contento-me em esperar. Quanto ao motivo por que espero... *eh bien*, pela inteligência de Hercule Poirot as coisas são às vezes perfeitamente claras, o que nem sempre ocorre com aqueles não tão bem-dotados.

– Meu Deus, Poirot! – exclamou Hastings. – Daria uma considerável soma de dinheiro para vê-lo fazer papel de burro... só por uma vez. Você é tão malditamente convencido!

– Não se irrite, meu caro Hastings – replicou Poirot, suavemente. – Na verdade, posso ver que em certos momentos você parece quase me detestar! Infelizmente, sofro do castigo da grandeza!

O homenzinho estufou o peito e suspirou tão comicamente que Hastings foi obrigado a rir.

– Poirot, você realmente é o sujeito mais vaidoso que já conheci – declarou.

– O que você queria? Quando se é excepcional, tem-se que reconhecer. Mas agora voltemos aos assuntos sérios, meu caro Hastings. Deixe-me dizer-lhe: pedi ao filho de Sir Claud, o Sr. Richard Amory, que nos encontrasse na biblioteca ao meio-dia.

Digo "nós", Hastings, porque preciso de sua presença lá, meu amigo, para observar atentamente.

– Como sempre, terei de me contentar em assistir a seu show, Poirot – assegurou o amigo.

AO MEIO-DIA, Poirot, Hastings e Richard Amory se encontraram na biblioteca, de onde o cadáver de Sir Claud havia sido removido no fim da noite anterior. Enquanto Hastings ouvia e observava de uma posição confortável no canapé, Poirot pediu a Richard Amory que contasse em detalhes os acontecimentos da noite, antes de sua chegada. Após ter concluído sua descrição dos fatos, Richard, sentado na cadeira atrás da mesa que o pai ocupara na noite anterior, acrescentou:

– Bem, isto é quase tudo, acho. Espero que tenha sido bem claro, não?

– Mas foi perfeito, Sr. Amory, perfeito – disse Poirot, recostando-se no braço da única poltrona da sala. – Agora tenho um quadro preciso. – Fechando os olhos, ele tentou evocar a cena. – Ali está Sir Claud em sua poltrona, dominando a situação. Depois a escuridão, a batida na porta. Sim, de fato, uma pequena cena dramática.

– Bem – disse Richard, fazendo menção de levantar –, se isso é tudo...

– Apenas um minutinho – disse Poirot, fazendo um gesto como se para detê-lo.

Sentando-se de novo com um ar de relutância, Richard perguntou:

– Sim?

– E quanto ao começo da noite, Sr. Amory?

– Começo da noite?

– Sim – recordou-lhe Poirot. – Logo depois do jantar.

– Ah, isso! – disse Richard. – Não há realmente mais nada a dizer. Meu pai e seu secretário, Raynor... Edward Raynor... seguiram direto para o escritório. O restante de nós permaneceu aqui.

Poirot sorriu de modo estimulante para Richard.

– E... o que fizeram?

– Ora, ficamos só conversando. Ouvimos o gramofone a maior parte do tempo.

Poirot pensou por um momento. Então:

– Nada aconteceu que mereça ser lembrado?

– Nada relevante – afirmou Richard, rapidamente.

Observando-o atentamente, Poirot insistiu:

– Quando foi servido o café?

– Imediatamente após o jantar – foi a resposta de Richard.

Poirot fez um movimento circular com a mão.

– O mordomo ficou na sala ou deixou a bandeja para que cada um se servisse?

– Realmente não consigo lembrar.

Poirot deu um leve suspiro. Pensou por um momento, depois perguntou:

– Todos tomaram café?

– Sim, acho que sim. Todos, exceto Raynor, é isso. Ele não toma café.

– E o café de Sir Claud foi levado para ele no escritório?

– Suponho que sim – respondeu Richard, com alguma irritação começando a transparecer em sua voz. – Todos esses detalhes são realmente necessários?

Poirot ergueu os braços num gesto de justificativa.

– Lamento muito – disse. – É que estou muito ansioso em formar o quadro completo no olho de minha mente. E, afinal, queremos de volta a preciosa fórmula, não é mesmo?

– Suponho que sim. – De novo, a resposta um tanto soturna de Richard fez as sobrancelhas de Poirot se erguerem exageradamente, provocando em Richard uma exclamação de surpresa. – Não, é claro, é claro que queremos – ele se apressou em acrescentar.

Poirot, desviando a vista de Richard Amory, perguntou:

— Bem, quando foi que Sir Claud saiu do escritório e veio para cá?

— No exato momento em que eles estavam tentando abrir aquela porta.

— Eles? — indagou Poirot, voltando-se para ele.

— Sim. Raynor e o Dr. Carelli.

— Posso saber quem a queria aberta?

— Minha esposa, Lucia — disse Richard. — Não passou bem a noite toda.

O tom de Poirot foi simpático quando replicou:

— *La pauvre dame!* Espero que esteja se sentindo melhor esta manhã. Há uma ou duas coisas que preciso perguntar-lhe com urgência.

— Receio que seja totalmente impossível — disse Richard. — Ela não está recebendo ninguém, ou respondendo a quaisquer perguntas. De qualquer modo, não há nada que ela pudesse lhe dizer que eu não poderia.

— Claro — concordou Poirot. — Mas as mulheres, *monsieur* Amory, têm uma grande capacidade de observar as coisas em detalhes. Sem dúvida sua tia, a Srta. Amory, o fará também.

— Ela está na cama — disse Richard, apressado. — A morte de meu pai foi um grande choque para ela.

— Sim, entendo — murmurou Poirot, pensativo.

Fez-se uma pausa. Richard, parecendo nitidamente pouco à vontade, levantou-se e virou-se para as portas envidraçadas.

— Vamos tomar um pouco de ar — anunciou. — Está muito quente aqui.

— Ah, você é como todos os ingleses — declarou Poirot, sorrindo. — O bom ar puro, você não o deixará lá fora. Não! Ele deve ser trazido para dentro de casa.

— Não se importa, não é? — perguntou Richard.

— Eu? Claro que não — disse Poirot. — Já adotei todos os hábitos ingleses. Em toda parte sou considerado um inglês. — Sentado no canapé, Hastings não pôde evitar sorrir consigo mesmo. – Mas, desculpe-me, Sr. Amory, não é esta porta que foi trancada com um artefato engenhoso?

– Sim, essa mesmo – replicou Richard –, mas a chave para ela está no molho de chaves de meu pai que tenho aqui. – Tirando do bolso um molho de chaves, ele foi até as portas envidraçadas e abriu o cadeado, deixando que o ar entrasse no aposento.

Afastando-se de Richard, Poirot sentou-se no escabelo, bem distante das portas e do ar que entrava. E estremeceu de frio, enquanto Richard tomava uma profunda golfada de ar, olhando de pé para o jardim, antes de voltar até Poirot com a aparência de alguém que chegara a uma decisão.

– Monsieur Poirot – declarou Richard Amory. – Não sou de fazer rodeios. Sei que minha esposa pediu-lhe a noite passada que ficasse, mas ela estava perturbada e histérica, dificilmente saberia o que estava fazendo. Sou a pessoa interessada e digo-lhe francamente que não dou a menor importância para a fórmula. Meu pai era um homem rico. Essa descoberta dele valia muito dinheiro, mas não necessito de mais do que já tenho e não pretendo partilhar do seu entusiasmo pelo assunto. Já existem explosivos demais no mundo.

– Entendo – murmurou Poirot, pensativo.

– O que digo – continuou Richard – é que deveríamos esquecer essa coisa toda.

As sobrancelhas de Poirot se arquearam, enquanto ele fazia seu gesto habitual de surpresa.

– Prefere que eu vá embora? – perguntou. – Que não aprofunde as investigações?

– Sim, isso mesmo. – Richard Amory soava desconfortável, evitando encarar Poirot.

– Mas – insistiu o detetive – quem quer que tenha roubado a fórmula, não o faria sem a intenção de utilizá-la.

– Não – admitiu Richard, voltando-se para Poirot. – Mas mesmo assim...

Lenta e intencionalmente, Poirot continuou:

— Então não faz objeções ao... como direi?... ao estigma?

— Estigma? — exclamou Richard, veemente.

— Cinco pessoas — explicou-lhe Poirot —, cinco pessoas tiveram a oportunidade de roubar a fórmula. Até que uma se prove culpada, as outras quatro não podem ser consideradas inocentes.

Treadwell havia entrado, enquanto Poirot falava. Quando Richard começava a gaguejar, indeciso, o mordomo o interrompeu:

— Com licença, senhor — dirigiu-se ao patrão —, mas o Dr. Graham está aqui e gostaria de vê-lo.

Claramente satisfeito pela oportunidade de escapar a novo interrogatório de Poirot, Richard replicou:

— Irei imediatamente — disse, encaminhando-se para a porta. Voltando-se para Poirot, perguntou formalmente: — Por favor, me dê licença, sim? — E saiu com o mordomo.

Quando os dois homens saíram, Hastings levantou-se do canapé e se aproximou de Poirot, liberando a excitação reprimida.

— Está claro! — exclamou. — Veneno, não é?

— Como disse, meu caro Hastings? — perguntou Poirot.

— Veneno, com certeza! — repetiu Hastings, balançando a cabeça.

9

Poirot examinou seu amigo com um divertido piscar de olhos.

— Como você é dramático, meu caro Hastings! — exclamou. — Com que rapidez e brilhantismo você tira conclusões!

— Espere aí, Poirot — protestou Hastings. — Não pode me despistar assim. Você não pode fingir acreditar que o velho morreu de ataque cardíaco. O que aconteceu na noite passada salta positivamente aos olhos. Mas devo dizer que Richard Amory não pode ser um sujeito muito brilhante. A possibilidade de veneno nem parece ter-lhe passado pela cabeça.

– Acha que não, meu amigo? – indagou Poirot.

– Notei isso a noite passada, quando o Dr. Graham anunciou que não podia expedir o atestado de óbito e que teria de ser feita uma autópsia.

Poirot deu um leve suspiro.

– Sim, sim – murmurou, apaziguante. – É o resultado da autópsia que o Dr. Graham trará esta manhã. Em poucos minutos, saberemos se você está certo ou não.

Poirot parecia a ponto de dizer mais alguma coisa, mas depois se conteve. Foi até a cornija da lareira e começou a arrumar o jarro contendo os acendedores para o fogo.

Hastings o observava, afetuosamente.

– Sempre digo, Poirot – riu ele –, você é um fanático pela arrumação.

– O efeito não está mais agradável agora? – indagou Poirot enquanto examinava a cornija, com cabeça inclinada para o lado.

Hastings tomou fôlego.

– Não diria que estava muito preocupado com isso antes.

– Preste atenção! – disse Poirot, sacudindo um dedo para ele em censura. – A simetria é tudo. Em todo lugar deveria haver arrumação e ordem, especialmente na massa cinzenta do cérebro. – Ele bateu na cabeça enquanto falava.

– Vamos, pare com isso, não fique aí fazendo rodeios – suplicou Hastings. – Diga-me logo o que a sua preciosa massa cinzenta acha desse negócio todo.

Poirot seguiu até o canapé e sentou-se antes de responder. Olhou fixamente para Hastings, seus olhos estreitando-se como os de um gato, até que exibiram apenas um lampejo de verde.

– Se usasse sua massa cinzenta, e tentasse ver o caso todo com clareza... como eu tento fazer... talvez percebesse a verdade, meu amigo – anunciou ele, presunçoso. – Contudo – continuou, num tom a sugerir que ele considerava estar se comportando com magnanimidade –, antes que o Dr. Graham chegue, vamos ouvir primeiro as ideias do meu amigo Hastings.

– Bem – começou Hastings, ansioso –, a chave ter sido encontrada debaixo da cadeira do secretário é meio suspeito.

– Acha mesmo, Hastings?

– Claro – respondeu o amigo. – É altamente suspeito. Mas, no todo, voto no italiano.

– Ah! – murmurou Poirot. – O misterioso Dr. Carelli.

– Exatamente. Misterioso – continuou Hastings. – É a palavra certa para ele. O que está fazendo neste país? Vou lhe dizer. Ele estava atrás da fórmula de Sir Claud. Quase com certeza é emissário de um governo estrangeiro. Sabe a que estou me referindo.

– Sei, de fato, Hastings – respondeu Poirot com um sorriso. – Afinal, de vez em quando vou ao cinema, você sabe.

– E se aconteceu de Sir Claud ter sido mesmo envenenado – Hastings agora estava com a corda toda –, isto faz do Dr. Carelli mais do que o primeiro suspeito. Lembra-se dos Borgia? Veneno é uma especialidade italiana de crime. Mas o que receio disso tudo é que Carelli escapará com a fórmula em seu poder.

– Ele não o fará, meu amigo – disse Poirot, balançando a cabeça.

– Como pode ter tanta certeza? – perguntou Hastings.

Poirot recostou-se e juntou a ponta dos dedos na sua maneira peculiar.

– Não sei exatamente, Hastings – admitiu ele. – Claro que não posso ter certeza. Mas tenho uma vaga ideia.

– Como assim?

– Onde acha que a fórmula se encontra agora, meu esperto colaborador? – perguntou Poirot.

– Como eu iria saber?

Poirot olhou para Hastings por um momento, como se dando ao amigo uma chance de pensar no assunto. E disse em seguida:

— Pense, meu amigo — encorajou-o. — Organize suas ideias. Seja metódico. Seja disciplinado. Este é o segredo do sucesso. — Quando Hastings meramente balançou a cabeça com ar perplexo, o detetive tentou dar uma pista ao parceiro. — Só existe um lugar onde possa estar — disse-lhe Poirot.

— E que lugar é esse, por Deus? — perguntou Hastings, com um tom diferente de irritação na voz.

— Nesta sala, é claro — anunciou Poirot, um triunfante sorriso fixo no rosto.

— O que quer dizer?

— Mas claro, Hastings. Apenas analise os fatos. Sabemos pelo bom Treadwell que Sir Claud tomou certas precauções para impedir que a fórmula fosse retirada desta sala. Quando ele acionou sua pequena surpresa e anunciou nossa chegada iminente, é quase certo, portanto, que o ladrão tivesse a fórmula em seu poder. O que faria? Não ousaria correr o risco de que ela fosse encontrada em seu poder quando eu chegasse. Só podia fazer duas coisas. Devolvê-la da maneira sugerida por Sir Claud, ou escondê-la em algum lugar, protegido por aquele minuto de escuridão total. Uma vez que não fez a primeira, deve ter feito a segunda. *Voilà*! É óbvio para mim que a fórmula está escondida nesta sala.

— Por Deus, Poirot! — exclamou Hastings tomado pela emoção. — Creio que você está certo! Vamos dar uma olhada. — Ele ergueu-se rapidamente e foi até a mesa.

— À vontade, se isto o diverte — respondeu Poirot. — Mas existe alguém que será capaz de encontrá-la mais facilmente do que você.

— Oh, e quem é? — indagou Hastings.

Poirot retorceu o bigode energicamente.

— Ora, a pessoa que a escondeu, *parbleu*! — exclamou, acompanhando suas palavras com o tipo de gesto mais adequado a um mágico que tira um coelho da cartola.

— Quer dizer que...

— Quero dizer — explicou Poirot pacientemente ao colega — que cedo ou tarde o ladrão tentará reaver seu butim. Algum de nós, portanto, deve permanecer constantemente em guarda... — ele se interrompeu ao ouvir a porta se abrir lenta e cautelosamente e instou Hastings a se juntar a ele perto do gramofone, fora da visão imediata de qualquer um que entrasse na sala.

10

A porta se abriu, e Barbara Amory entrou na sala cautelosamente. Pegando uma cadeira perto da parede, colocou-a junto à estante, subiu nela e alcançou a caixa metálica que continha as drogas. Nesse momento, Hastings espirrou subitamente. Barbara, assustando-se, deixou cair a caixa.

— Oh! — exclamou ela, um tanto confusa. — Não sabia que havia alguém aqui.

Hastings se aproximou e pegou a caixa, que lhe foi tomada por Poirot.

— Permita-me, senhorita — disse o detetive. — Creio que é muito pesada para você. — Ele moveu-se até a mesa e colocou a caixa sobre ela. — Isto é uma pequena coleção sua? Ovos de passarinhos? Conchas, talvez?

— Acho que é algo bem mais prosaico, Monsieur Poirot — respondeu Barbara, com um riso nervoso. — Nada mais que pílulas e pós!

— Mas certamente — disse Poirot — uma pessoa tão jovem, saudável e vigorosa não tem necessidade desta farmacopeia...

— Ah, não é para mim — assegurou-lhe Barbara. — É para Lucia. Está com uma dor de cabeça terrível esta manhã.

— *La pauvre dame* — murmurou Poirot, transpirando simpatia na voz. — Então, ela mandou você buscar as pílulas...

— Sim – respondeu Barbara. – Dei a ela duas aspirinas, mas ela quer algo realmente dopante. Eu lhe disse que ia levar todo o estoque... isto é, se não houvesse ninguém aqui.

Poirot, pousando as mãos na caixa, falou, pensativamente:

— Se não houvesse ninguém aqui. O que teria isso a ver, senhorita?

— Bem, o senhor sabe que tipo de lugar é este aqui – explicou Barbara. – Uma agitação só! Quero dizer, tia Caroline, por exemplo, parece uma galinha velha cacarejante! E Richard é um tremendo chato e um inútil completo, como costumam ser os homens quando alguém está doente.

Poirot assentiu.

— Entendo, entendo – disse para Barbara, inclinando a cabeça como sinal de que aceitava a explicação. Ele esfregou os dedos ao longo da tampa da caixa que continha as drogas, a seguir olhou rapidamente para suas mãos. Fazendo uma pausa, pigarreou com um som levemente afetado e depois continuou:

— Sabe, senhorita, que a família está muito bem servida com seus criados domésticos?

— O que quer dizer? – indagou Barbara.

Poirot mostrou-lhe a caixa.

— Vê aqui? – apontou. – Nesta caixa não há uma partícula de poeira. Subir numa cadeira para espanar a caixa num lugar tão alto... nem todo empregado doméstico seria tão consciencioso.

— Sim – concordou Barbara. – Ontem à noite achei estranho que não estivesse empoeirada.

— Pegou esta caixa ontem à noite? – perguntou-lhe Poirot.

— Sim, depois do jantar. Está cheia de velhos pertences hospitalares, sabe.

— Vamos dar uma olhada nesses medicamentos – sugeriu Poirot, enquanto abria a caixa. Tirando alguns frascos e examinando-os, ergueu as sobrancelhas exageradamente. – Estricnina... atropina... uma pequena coleção muito boa! Ah! Eis um tubo de hioscina, quase vazio!

— O quê?! — exclamou Barbara. — Como? Estavam todos cheios ontem à noite. Tenho certeza de que estavam.

— *Voilà!* — Poirot mostrou-lhe um tubo e depois recolocou-o na caixa. — Isto é muito curioso... você diz que todos esses frascos... como você os chama... estavam cheios? Onde exatamente estava esta caixa de drogas ontem à noite, senhorita?

— Bem, quando a descemos, ela foi colocada nesta mesa — informou-o Barbara. — E o Dr. Carelli ficou examinando as drogas e fazendo comentários sobre elas e...

Ela se interrompeu quando Lucia entrou na sala. A esposa de Richard Amory pareceu surpresa ao ver os dois homens. Sua face pálida e orgulhosa parecia ansiosa à luz do dia, e havia algo melancólico na curva de sua boca. Barbara apressou-se até ela.

— Oh, querida, não devia ter se levantado — disse a Lucia. — Eu já ia subir para ficar com você.

— Minha dor de cabeça melhorou, Barbara, querida — replicou Lucia, seus olhos fixos em Poirot. — Desci porque quero falar com Monsieur Poirot.

— Mas, minha pequena, não acha que deveria...

— Por favor, Barbara.

— Oh, tudo bem, você é que sabe — disse Barbara enquanto se dirigia à porta, que Hastings se apressou em abrir para ela. Quando ela se foi, Lucia seguiu até uma cadeira e sentou-se.

— Monsieur Poirot... — começou ela.

— Estou ao seu dispor — respondeu Poirot, polidamente.

Lucia falou hesitante, e sua voz tremeu um pouco:

— Monsieur Poirot — recomeçou ela —, ontem à noite eu lhe fiz um pedido. Pedi que ficasse aqui. Eu... supliquei-lhe que o fizesse. Vejo agora que cometi um erro.

— Tem certeza, senhora? — perguntou Poirot, baixinho.

— Absoluta. Eu estava nervosa ontem, e fatigada. Estou muito grata por ter atendido ao meu pedido. Mas agora seria melhor que fosse embora.

— Ah, *c est comme ça*! — murmurou Poirot. Em voz alta, sua resposta não passou de mera evasiva. — Entendo, senhora.

Erguendo-se, Lucia relanceou para ele nervosamente, enquanto perguntava:

— Está combinado, então?

— Não inteiramente, senhora — replicou Poirot, dando uns passos em sua direção. — Se está lembrada, manifestou uma dúvida scbre a possível morte natural de seu sogro.

— Eu estava histérica ontem à noite — insistiu Lucia. — Não sabia o que estava dizendo.

— Então agora está convencida — persistiu Poirot — de que sua morte, afinal, foi natural?

— Absolutamente — declarou Lucia.

As sobrancelhas de Poirot ergueram-se um pouco. Olhou para ela em silêncio.

— Por que me olha assim? — perguntou Lucia com voz alarmada.

— Porque, senhora, às vezes é difícil fazer um cão achar o faro. Mas uma vez que o encontre, nada no mundo o fará desistir. Não se for um cachorro bom. E eu, senhora, Hercule Poirot, sou um cão farejador muito bom!

Em grande agitação, Lucia declarou:

— Ah, mas o senhor deve, deve realmente partir. Eu lhe peço, imploro. Não sabe o mal que pode fazer ficando aqui!

— Mal? — indagou Poirot. — À senhora.

— A todos nós, Monsieur Poirot. Não posso explicar mais, peço-lhe porém que aceite minha palavra de que assim é. Desde o primeiro momento em que o vi, confiei no senhor. Por favor...

Interrompeu-se quando a porta se abriu, e Richard, parecendo chocado, entrou com o Dr. Graham.

— Lucia! — exclamou seu marido ao vê-la.

— Richard, o que é? — perguntou Lucia, ansiosamente, enquanto corria ao seu encontro. — O que aconteceu? Algo de novo aconteceu, posso ver no seu rosto. O que é?

— Nada, minha querida — replicou Richard, com uma tentativa de reafirmação no seu tom. — Importa-se em nos deixar a sós por um momento?

Os olhos de Lucia exploraram seu rosto.

— Não posso... — começou, mas hesitou quando Richard foi até a porta e abriu-a.

— Por favor — repetiu ele.

Com um último olhar para trás, no qual havia um nítido elemento de medo, Lucia deixou a sala.

11

Depositando sua valise sobre a mesinha de centro, o Dr. Graham foi até o canapé e sentou-se.

— Receio que seja uma péssima notícia, Monsieur Poirot — anunciou ao detetive.

— Péssima notícia, você diz? Descobriu o que provocou a morte de Sir Claud? — perguntou Poirot.

— Sua morte deveu-se a envenenamento por um potente alcalóide vegetal — declarou Graham.

— Tal como hioscina, talvez? — sugeriu Poirot, pegando a caixa de remédios da mesa.

— Bem, sim. Isso mesmo. — O Dr. Graham pareceu surpreso com a acurada conjectura do detetive.

Poirot levou a caixa até o outro lado da sala, colocando-a sobre a mesa do gramofone. Hastings o seguiu até lá. Enquanto isso, Richard Amory juntou-se ao médico no canapé.

— O que realmente significa isso? — perguntou Richard ao Dr. Graham.

— Em primeiro lugar, significa o envolvimento da polícia — foi a pronta resposta de Graham.

– Meu Deus! – exclamou Richard. – Isto é terrível. Não pode talvez abafar o caso?

O Dr. Graham olhou com firmeza para Richard Amory antes de falar, lenta e delicadamente:

– Meu caro Richard – disse. – Acredite, ninguém está mais pesaroso ou sofrido com esta horrível calamidade do que eu. Em especial porque, sob as circunstâncias, não parece provável que o veneno tenha sido autoadministrado.

Richard ficou calado por vários segundos antes de falar.

– Está dizendo que foi assassinato? – perguntou em voz insegura.

O Dr. Graham não falou, mas assentiu solenemente.

– Assassinato! – exclamou Richard. – O que vamos fazer, meu Deus?

Adotando uma postura mais enérgica e mais profissional, Graham explicou os procedimentos a serem seguidos.

– Já notifiquei o juiz. A investigação será realizada amanhã no King's Arms.

– E... quer dizer... que a polícia será envolvida? Não há como evitar?

– Não. Certamente entende isso, não, Richard? – disse o Dr. Graham.

O tom de Richard era frenético quando começou a exclamar:

– Mas por que não me avisou que...

– Vamos, Richard. Acalme-se. Tenho certeza de que entende que só tomei os passos que julguei absolutamente necessários – interrompeu-o Graham. – Afinal, não se deve perder tempo em assuntos desta espécie.

– Meu Deus! – exclamou Richard.

O Dr. Graham dirigiu-se a ele no mais amável dos tons.

– Richard, eu sei, compreendo. Foi um choque terrível para você. Mas há questões que preciso esclarecer. Sente-se em condições de responder a algumas perguntas?

Richard fez um esforço visível para se controlar.

– O que quer saber? – perguntou.

– Em primeiro lugar – disse Graham –, o que seu pai comeu e bebeu no jantar da última noite?

– Vejamos... foi servido o mesmo para todos: sopa, linguado frito, costeletas, e de sobremesa uma salada de frutas.

– Bem, e quanto a bebidas? – continuou o médico.

Richard pensou por um momento antes de responder.

– Meu pai e minha tia beberam Borgonha. E também Raynor, acho. Eu fiquei com meu uísque e soda, e o Dr. Carelli... sim, o Dr. Carelli bebeu vinho branco durante a refeição.

– Ah, sim, o misterioso Dr. Carelli – murmurou Graham. – Vai me desculpar, Richard, mas o quanto exatamente conhece a respeito desse homem?

Interessado em ouvir o que Richard responderia a isso, Hastings chegou mais perto dos dois homens. Richard declarou, em resposta ao Dr. Graham:

– Não sei nada sobre ele. Não o conhecia e nunca ouvi falar dele. Até ontem.

– Mas ele não é um amigo de sua esposa? – insistiu o médico.

– Aparentemente, sim.

– E ela o conhece intimamente?

– Ah, não, ele não passa de um conhecido, suponho.

Graham deu um pequeno estalo com a língua e balançou a cabeça.

– Espero que não tenha permitido que ele deixasse a casa – disse.

– Não, não – assegurou-lhe Richard. – Deixei isso claro para ele ontem à noite. Até que este assunto fosse todo resolvido... esse negócio da fórmula roubada, quero dizer... seria melhor para ele permanecer aqui na casa. Mandei inclusive buscar sua bagagem na estalagem onde ele alugou um quarto e trazê-la para cá.

– Ele protestou de alguma forma? – indagou Graham, com alguma surpresa.

— Não, na verdade, concordou muito ansiosamente.

Um resmungo foi a única réplica de Graham a essa revelação. Depois perguntou:

— Bem, e quanto a esta sala?

Poirot aproximou-se deles.

— As portas foram trancadas a noite passada por Treadwell, o mordomo — assegurou ao Dr. Graham —, e as chaves me foram entregues. Tudo está exatamente como antes, exceto as cadeiras que tiramos do lugar, como vê.

O Dr. Graham olhou para a xícara de café sobre a mesa. Apontando para ela, perguntou:

— É esta a xícara? — Ele caminhou até a mesa, pegou e cheirou a xícara. — Richard — perguntou —, foi nesta xícara que seu pai tomou o café? Acho melhor eu levá-la. Terá de ser analisada. — Retirando a xícara da mesa, ele abriu sua valise.

Richard ergueu-se de um salto.

— Certamente não está pensando... — começou ele, mas se interrompeu.

— Parece altamente improvável — disse-lhe Graham — que o veneno pudesse ter sido administrado no jantar. A explicação mais provável é de que a hioscina tenha sido adicionada ao café de Sir Claud.

— Eu... eu... — Richard tentou falar ao se erguer e dar uns passos na direção do médico, mas depois parou com um gesto de desespero e deixou a sala abruptamente, cruzando as portas envidraçadas rumo ao jardim.

O Dr. Graham tirou uma caixinha de algodão da valise e cuidadosamente enrolou a xícara com ele, falando com Poirot enquanto o fazia.

— Coisa desagradável — confidenciou. — Não estou nem um pouco surpreso de que Richard Amory esteja perturbado. Imagino o que os jornais vão fazer com o caso da amizade de sua esposa com esse médico italiano. E a tendência da lama é atolar, Monsieur Poirot. Ela será difamada. Pobre dama! Talvez seja inteiramente inocente. O homem, é óbvio, travou conhecimento com ela de uma maneira plausível. Esses estrangeiros são espantosamente espertos. Claro, suponho que eu não deveria estar falando assim, como se fazendo um prejulgamento, porém o que mais se pode imaginar?

– Você acha que salta aos olhos, não? – perguntou-lhe Poirot, trocando olhares com Hastings.

– Bem, afinal – explicou o Dr. Graham –, a invenção de Sir Claud era valiosa. Chega esse estrangeiro, do qual ninguém sabe coisa alguma. Um italiano. Sir Claud é misteriosamente envenenado...

– Ah, sim! Os Borgia – disse Poirot.

– Como disse? – perguntou o médico.

– Nada, nada.

O Dr. Graham pegou sua valise e preparou-se para sair. Estendeu a mão para Poirot.

– Bem, é melhor eu ir.

– Adeus... por enquanto, *Monsieur le Docteur* – disse Poirot, enquanto se apertavam as mãos.

Na porta, Graham parou e olhou para trás.

– Adeus, Monsieur Poirot. Cuidará para que ninguém desarrume nada nesta sala até a chegada da polícia, não é? É de extrema importância.

– Pode estar certo de que me farei responsável por isso – garantiu-lhe Poirot.

Quando Graham saiu, batendo a porta atrás de si, Hastings comentou secamente:

– Sabe, Poirot? Eu não gostaria de ficar doente nesta casa. Para começar, parece haver um envenenador à solta... depois, não estou totalmente certo de confiar nesse jovem doutor.

Poirot lançou a Hastings um olhar enigmático.

– Vamos esperar que não tenhamos de permanecer nesta casa até ficarmos doentes – disse ele, seguindo até a lareira e tocando a sineta. – E agora, meu caro Hastings, ao trabalho

– anunciou, enquanto se juntava ao colega, que contemplava a mesinha de centro com expressão intrigada.

– O que você vai fazer? – indagou Hastings.

– Eu e você, meu amigo – replicou Poirot com um piscar de olho –, vamos ter uma entrevista com César Borgia.

Treadwell entrou, atendendo ao chamado de Poirot.

– Tocou, senhor? – perguntou o mordomo.

– Sim, Treadwell. Poderia perguntar ao cavalheiro italiano, o Dr. Carelli, se faria a gentileza de vir até aqui?

– Certamente, senhor – replicou Treadwell. Ele deixou a sala, e Poirot foi até a mesa pegar a caixa de medicamentos.

– Acho que seria bom – confidenciou a Hastings – se puséssemos esta caixa de conteúdo tão perigoso de volta ao seu lugar adequado. Acima de tudo, vamos ser caprichosos e ordeiros.

Entregando a caixa para Hastings, Poirot pôs uma cadeira junto à estante e subiu nela.

– O velho apelo da organização e simetria, hein? – comentou Hastings. – Mas há mais do que isso, imagino.

– O que quer dizer, meu amigo? – perguntou Poirot.

– Sei o que é isto. Você não quer assustar Carelli. Afinal, quem manipulou essas drogas ontem à noite? Carelli foi um deles. Ele poderia se precaver se as visse sobre a mesa, não é, Poirot?

Poirot deu um tapinha na cabeça de Hastings.

– Como é astuto o meu amigo Hastings – declarou, pegando a caixa com ele.

– Eu o conheço muito bem – insistiu Hastings. – Não vai jogar poeira nos meus olhos.

Enquanto o amigo falava, Poirot passou um dedo ao longo do topo da estante, deixando cair poeira no rosto de Hastings, que o estava observando.

– Parece-me, caro Hastings, que foi exatamente o que fiz – exclamou Poirot, enquanto cuidadosamente passava o dedo de novo ao longo da estante, com uma careta enquanto o fazia.

– Parece que elogiei os criados cedo demais. Esta estante está impregnada de poeira. Gostaria de ter um bom espanador molhado na mão para limpá-la!

– Meu caro Poirot – riu Hastings –, você não é uma faxineira.

– Infelizmente, não – observou Poirot com tristeza. – Sou apenas um detetive!

– Bem, não há nada a investigar aí – declarou Hastings. – Portanto, desça.

– Como você diz, não há nada – começou Poirot e depois parou, ficando petrificado sobre a cadeira.

– O que é? – perguntou-lhe Hastings com impaciência, acrescentando: – Desça, Poirot. O Dr. Carelli chegará aqui em um minuto. Não quer que ele o veja trepado aí, quer?

– Tem razão, meu amigo – concordou Poirot, enquanto descia lentamente da cadeira. Seu rosto ostentava uma expressão solene.

– O que há, afinal? – indagou Hastings.

– É que estou pensando numa coisa – replicou Poirot com um ar distante nos olhos.

– Em que está pensando?

– Poeira, Hastings. Poeira – disse Poirot com uma voz estranha.

A porta foi aberta, e o Dr. Carelli entrou. Ele e Poirot saudaram um ao outro com a maior cerimônia, cada um falando na língua natal do outro.

– Ah, *Monsieur* Poirot – começou Carelli. – *Voulez vous me questionner?*

– *Sí, signor Dottore, si lei permette* – replicou Poirot.

– *Ah, lei parla italiano?*

– *Sí, ma preferisco parlare in francese.*

– *Alors* – disse Carelli –, *qu'est-ce que vous voulez me demander?*

– Muito bem – interveio Hastings com certa irritação na voz. – Que diabo é tudo isso?

– Ah, o pobre Hastings não é poliglota, eu tinha esquecido – sorriu Poirot. – Acho melhor falarmos em inglês.

– Desculpe-me. É claro – concordou Carelli, dirigindo-se a Poirot com um ar de grande franqueza. – Estou contente que tenha me chamado, Monsieur Poirot. Se não o tivesse feito, eu mesmo teria solicitado uma entrevista.

– É mesmo? – assinalou Poirot, indicando uma cadeira junto à mesa.

Carelli sentou-se, enquanto Poirot ocupava a poltrona. Hastings se acomodou no canapé.

– Sim – continuou o médico italiano. – Por acaso, tenho negócios a resolver em Londres de natureza urgente.

– Por favor, continue – estimulou Poirot.

– Sim. Claro, avaliei inteiramente o acontecimento de ontem à noite. Um valioso documento foi roubado. Eu era o único estrangeiro presente. Naturalmente, fui o único que me dispus de boa vontade a ficar, a permitir que fosse revistado, e, na verdade, insisti em ser revistado. Sendo um homem honrado, não poderia ter outra atitude.

– Exatamente – concordou Poirot. – Mas e hoje?

– Hoje é diferente – replicou Carelli. – Como disse, tenho negócios urgentes a resolver em Londres.

– E está desejando partir?

– Isso mesmo.

– Parece bem razoável – declarou Poirot. – Não acha, Hastings?

Hastings não respondeu, mas dava a impressão de não achar nada razoável.

– Talvez uma palavra sua para o Sr. Amory, Monsieur Poirot, ajeitasse tudo – sugeriu Carelli. – Eu gostaria de evitar qualquer situação desagradável.

– Meus bons ofícios estão a sua disposição, *Monsieur le Docteur* – assegurou-lhe Poirot. – E agora, talvez possa me ajudar em um ou outro detalhe.

— Eu simplesmente ficaria muito feliz em fazê-lo – replicou Carelli.

Poirot pensou por um momento, antes de perguntar:

— A Sra. Richard Amory é uma velha amiga sua?

— Nossa amizade é muito antiga – disse Carelli. Ele suspirou. – Foi uma agradável surpresa deparar com ela tão inesperadamente aqui neste fim de mundo.

— Inesperadamente, diz? – indagou Poirot.

— Bastante inesperadamente – respondeu Carelli, lançando um rápido olhar ao detetive.

— Bastante inesperadamente – repetiu Poirot. – Muito inusitado!

Uma certa tensão percorreu a atmosfera. Carelli olhou friamente para Poirot, sem nada dizer.

— Está interessado nas últimas descobertas científicas? – perguntou-lhe Poirot.

— É claro. Sou um médico.

— Ah! Mas não se trata exatamente disso – observou Poirot. – Uma nova vacina, uma nova radiação, um novo germe... até aí, tudo bem. Mas um novo explosivo? Certamente não é a área de um doutor em medicina.

— A ciência deveria ser do interesse de todo nós – insistiu Carelli. – Representa o triunfo do homem sobre a natureza. O homem extrai segredos da natureza, apesar de sua amarga oposição.

Poirot acenou com a cabeça em concordância.

— É de fato admirável o que está dizendo. E é poético! Mas, como meu amigo Hastings acabou de me lembrar exatamente agora, sou apenas um detetive. Eu vejo os fatos de um ponto de vista mais prático. Esta descoberta de Sir Claud... vale um bocado de dinheiro, não é?

— Possivelmente – o tom de Carelli foi de quem dava pouca importância. – Não dedico muito de meus pensamentos a este lado da questão.

– É evidentemente um homem de elevados princípios – observou Poirot – e também, sem dúvida, um homem de posses. Viajar, por exemplo, é um *hobby* muito oneroso.

– É preciso conhecer o mundo onde se vive – disse Carelli, secamente.

– De fato – concordou Poirot. – E as pessoas que nele vivem. Algumas delas são curiosas. O ladrão, por exemplo... que mentalidade curiosa ele deve ter!

– Como você diz – admitiu Carelli –, muito curiosa.

– E o chantagista – prosseguiu Poirot.

– O que quer dizer? – perguntou incisivamente Carelli.

– O chantagista, eu disse – repetiu Poirot. Houve uma pausa incômoda, antes que ele continuasse: – Mas estamos nos desviando do nosso assunto... a morte de Sir Claud Amory.

– A morte de Sir Claud Amory? Por que tem de ser nosso assunto?

– Ah, é claro – lembrou-se Poirot. – Você ainda não sabe. Receio que Sir Claud não tenha morrido em consequência de um ataque cardíaco. Ele foi envenenado. – Ele observou atentamente a reação do italiano.

– Ah! – murmurou Carelli, com um aceno da cabeça.

– Isso não o surpreende? – perguntou Poirot.

– Para ser franco, não – replicou Carelli. – Já suspeitava desde ontem à noite.

– Pode ver então – continuou Poirot – que a questão se tornou muito mais séria. – Seu tom de voz se alterou. – Não poderá deixar a casa hoje, Dr. Carelli.

Inclinando-se à frente para Poirot, Carelli perguntou:

– Está ligando a morte de Sir Claud ao roubo da fórmula?

– Certamente. Você não?

Carelli falou rápida e urgentemente.

– Não há alguém nesta casa, algum membro desta família, que desejasse a morte de Sir Claud, inteiramente à parte de qualquer questão relativa à fórmula? O que sua morte significa para a maioria das pessoas nesta casa? Vou lhe dizer. Significa liberdade, Monsieur Poirot. Liberdade e o que mencionou há pouco... dinheiro. Aquele homem era um tirano. E deixando de lado o seu respeitado trabalho, era um sovina.

— Observou tudo isso ontem à noite, *Monsieur le Docteur?* – perguntou inocentemente Poirot.

— E se o fiz? – replicou Carelli. – Tenho olhos. Posso ver. Pelo menos três pessoas nesta casa queriam Sir Claud fora do caminho. – Ele levantou-se e olhou para o relógio na cornija da lareira. – Mas isto não é da minha conta agora.

Hastings inclinou-se à frente, parecendo muito interessado, enquanto Carelli prosseguia:

— Estou envergonhado por não poder cumprir meu compromisso em Londres.

— Fico desolado, *Monsieur le Docteur* – disse Poirot. – Mas o que posso fazer?

— Bem, então não precisa mais de mim? – quis saber Carelli.

— No momento, não – disse-lhe Poirot.

O Dr. Carelli caminhou para a porta.

— Eu lhe direi uma coisa mais, Monsieur Poirot – anunciou ele, abrindo a porta e virando-se para encarar o detetive. – Há algumas mulheres as quais é perigoso pressionar demais.

Poirot fez-lhe uma mesura, e Carelli a retribuiu de forma um tanto mais irônica antes de se retirar.

12

Quando Carelli deixou a sala, Hastings acompanhou sua saída com olhar fixo por alguns instantes.

— Ouça, Poirot – perguntou por fim. – O que acha que ele quis dizer com aquilo?

Poirot deu de ombros.

— Foi uma observação de menor importância — declarou.

— Mas, Poirot — persistiu Hastings —, tenho certeza de que Carelli estava tentando contar-lhe alguma coisa.

— Toque a sineta mais uma vez, Hastings — foi a única resposta do pequeno detetive. Hastings fez o que ele havia pedido, mas não pôde evitar novas perguntas.

— O que vai fazer agora?

A resposta de Poirot veio no seu estilo mais enigmático.

— Você verá, meu caro Hastings. A paciência é uma grande virtude.

Treadwell entrou de novo na sala com seu habitual "sim, senhor?". Poirot dirigiu-se a ele, afavelmente:

— Ah, Treadwell. Poderia apresentar meus cumprimentos à Srta. Caroline Amory e perguntar-lhe se ela teria a bondade de me conceder uns poucos minutos do seu tempo?

— Certamente, senhor.

— Eu lhe agradeço, Treadwell.

Quando o mordomo saiu, Hastings exclamou:

— Mas a pobre coitada está na cama. Certamente não vai obrigá-la a se levantar, se ela não se sente bem.

— Meu amigo Hastings sabe de tudo! Quer dizer que ela está na cama, hein?

— Bem, não está?

Poirot bateu com afeição no ombro do amigo.

— É justamente o que quero descobrir.

— Mas é claro... — começou Hastings. — Não se lembra? Foi o que disse Richard Amory.

O detetive encarou o amigo firmemente.

— Hastings — declarou —, um homem foi morto aqui. E como reage sua família? Com mentiras, mentiras por toda parte! Por que a senhora Amory quer que eu me vá? Por que o senhor Amory quer que eu me vá? Por que deseja evitar que eu fale com a tia? O que ela pode me contar que ele não quer que eu ouça? Vou lhe dizer, Hastings, o que temos aqui é drama!

Não um simples e sórdido crime, mas drama. Um drama pungente e humano!

Ele parecia estar propenso a alongar-se nesse tema se a Srta. Amory não tivesse entrado naquele momento.

– Monsieur Poirot – ela dirigiu-se a ele, enquanto fechava a porta. – Treadwell disse que queria me ver.

– Ah, sim, senhorita – declarou Poirot, encaminhando-se para ela. – Eu apenas gostaria de fazer-lhe umas poucas perguntas. Não quer sentar-se? – Ele levou-a até uma cadeira junto à mesa. Ela se acomodou, olhando nervosamente para ele. – Mas ouvi dizer que estava de cama, doente... – continuou Poirot, enquanto se sentava do outro lado da mesa e a fitava com uma expressão de solicitude ansiosa.

– Foi tudo um choque terrível, é claro – suspirou Caroline Amory. – Realmente terrível! Mas eu sempre digo: alguém tem que manter a cabeça no lugar. Os criados, você sabe, são uma confusão só. Bem – prosseguiu, falando mais rapidamente –, já sabe como os criados são, Monsieur Poirot. Eles positivamente adoram funerais! Preferem um enterro a um casamento, creio. E agora, o prezado Dr. Graham! Ele é tão amável... que consolo. Um médico realmente muito esperto e, claro, está interessado em Barbara. Creio que é uma pena que Richard não lhe dê muita atenção, mas... o que eu estava dizendo? Ah, sim, o Dr. Graham. Jovem demais. E curou a minha neurite no ano passado. Não que eu fique frequentemente doente. Agora, essa geração emergente não me parece ser tão forte. Veja só a pobre Lucia ontem à noite, tendo de abandonar o jantar por causa de vertigens. Claro, pobre criança, ela é uma pilha de nervos, e o que mais se pode esperar, tendo sangue italiano nas veias? Lembro que ficou exatamente assim quando roubaram o seu colar de diamantes...

A Srta. Amory fez uma pausa para respirar. Enquanto ela estava falando, Poirot tirou seu estojo de cigarros e já ia acender um. Mas fez uma pausa e aproveitou a oportunidade para perguntar-lhe:

— O colar de diamantes de senhorita Amory foi roubado? Quando foi isso, senhorita?

A Srta. Amory assumiu uma expressão pensativa.

— Deixe-me ver. Deve ter sido... sim, foi há dois meses... exatamente na época em que Richard teve uma briga feia com o pai.

Poirot olhou para o cigarro em sua mão.

— Permite que eu fume, senhorita? — perguntou e, recebendo um sorriso e um gracioso aceno de assentimento, tirou do bolso uma caixa de fósforos, acendeu seu cigarro e olhou encorajadoramente para a Srta. Amory. Como a dama não fez nenhum esforço para retomar a palavra, Poirot a estimulou:

— Acho que estava dizendo que Richard discutiu com o pai — sugeriu.

— Oh, não foi nada sério — disse-lhe a Srta. Amory. — Foi só a respeito das dívidas de Richard. Claro, todos os homens jovens contraem dívidas! Embora, de fato, o próprio Claud nunca tenha sido assim. Sempre foi tão estudioso, desde quando era um rapaz. Mais tarde, claro, sempre gastou muito dinheiro em suas experiências. Eu costumava dizer a ele que estava mantendo Richard curto demais de dinheiro. Mas aí, cerca de dois meses atrás, tiveram uma cena daquelas. Com isso e mais o desaparecimento do colar de Lucia e sua recusa em chamar a polícia, o ambiente na época ficou muito desagradável. E absurdo, também! Todos com os nervos à flor da pele!

— Tem certeza de que meu cigarro não a está incomodando? — perguntou Poirot.

— Oh, não, de modo algum — garantiu-lhe a dama. — Acho que os cavalheiros devem fumar.

Só então notando que seu cigarro apagara, Poirot apanhou sua caixa de fósforos que havia colocado sobre a mesa em frente.

— Certamente, não é algo muito incomum uma mulher jovem e linda se conformar tão calmamente com a perda de suas joias? — perguntou ele, enquanto acendia o cigarro de novo, recolocando cuidadosamente dois fósforos queimados na caixa, que então voltou ao seu bolso.

– Sim, é estranho, é como eu qualificaria isso – concordou a Srta. Amory. – Nitidamente estranho. Mas, na ocasião, ela não pareceu ligar a mínima. Ah, meu caro, aqui estou eu fazendo comentários que talvez não lhe interessem, Monsieur Poirot.

– Mas a senhorita me interessa enormemente – assegurou-lhe Poirot. – Diga-me, quando a Sra. Amory abandonou o jantar ontem à noite, sentindo vertigens, ela foi lá para cima?

– Ah, não – respondeu Caroline Amory. – Ela veio para esta sala. Acomodei-a aqui no canapé e depois voltei à sala de jantar, deixando Richard com ela. Jovens maridos e mulheres, sabe como são, Monsieur Poirot! Não que os rapazes sejam tão românticos quanto costumavam ser na época de minha juventude! Ah, lembro de um rapaz chamado Aloysius Jones. Costumávamos jogar croqué juntos. Que rapaz frívolo! Mas lá estou eu me desviando de novo do assunto. Estávamos falando de Richard e Lucia. Formam um lindo casal, não acha, Monsieur Poirot? Ele a conheceu na Itália, sabe... nos lagos italianos em novembro último. Foi amor à primeira vista. Eles se casaram em uma semana. Ela era uma órfã, sozinha no mundo. Muito triste, embora às vezes eu especule se isso não foi uma bênção disfarçada. Se ela já tivesse tido um monte de relacionamentos com estrangeiros... isso pareceria um pouco forçado, não acha? Afinal, sabe como é que são os estrangeiros! Eles... oh! – Ela se interrompeu de súbito, voltando-se na cadeira para encarar Poirot em uma consternação embaraçada. – Oh, peço que me perdoe!

– Não foi nada – murmurou Poirot com um olhar divertido para Hastings.

– Que estupidez a minha – desculpou-se a Srta. Amory, extremamente confusa. – Eu não pretendia... claro, é tão diferente no seu caso. "*Les braves Belges*", era como costumávamos dizer durante a guerra.

– Por favor, não se preocupe – assegurou-lhe Poirot. Após uma pausa, ele continuou, como se a menção à guerra o fizesse recordar. – Acredito... ou melhor... acho que a caixa de remédios em cima da estante é uma relíquia da guerra. Vocês todos a estiveram examinando ontem à noite, não?

– Sim, isso mesmo, estivemos.

– Bem, como foi que aconteceu? – indagou Poirot.

A Srta. Amory pensou por um momento, antes de responder.

– Como aconteceu? Ah, sim, agora lembro. Eu disse que gostaria de ter um pouco de carbonato de amônio, e Barbara desceu a caixa para procurar. Então os cavalheiros entraram, e o Dr. Carelli me assustou terrivelmente com as coisas que disse.

Hastings começou a mostrar grande interesse em tomar parte na conversa, e Poirot instou a Srta. Amory a continuar.

– Você quer dizer... as coisas que o Dr. Carelli disse acerca das drogas? Ele as examinou detidamente, suponho.

– Sim – confirmou a Srta. Amory –, e ficou com um tubo de vidro, algo com um nome dos mais inocentes... bromido, creio... que frequentemente tomo para enjôo no mar... e ele disse que poderia matar 12 homens fortes!

– Hidrobromido de hioscina? – perguntou Poirot.

– Como disse?

– O Dr. Carelli estava se referindo a hidrobromido de hioscina?

– Sim, sim, acho que era isso! – exclamou a Srta. Amory. – Como você é perspicaz! E aí Lucia o tomou dele e repetiu algo que o doutor tinha dito... acerca de um sono sem sonhos. Detesto essa poesia moderna neurótica. Eu sempre digo que, desde quando o querido lorde Tennyson morreu, ninguém mais escreveu poesia de qualquer...

– Ah, meu deus... – murmurou Poirot.

– Como disse? – perguntou a Srta. Amory.

— Ah, eu estava apenas pensando no querido lorde Tennyson. Mas, por favor, prossiga. O que aconteceu em seguida?

— Em seguida?

— Estava me contando sobre ontem à noite. Aqui nesta sala...

— Ah, sim. Bem, Barbara queria pôr uma música muito vulgar para tocar no gramofone. Felizmente, eu a impedi.

— Entendo – murmurou Poirot. – E esse pequeno tubo que o doutor guardou... estava cheio?

— Ah, sim – respondeu a Srta. Amory sem hesitar. – Porque, quando o doutor fez uma citação de um sono sem sonhos, disse que bastaria metade das pastilhas no tubo.

A Srta. Amory ergueu-se da cadeira e afastou-se da mesa.

— Sabe, Monsieur Poirot – disse, depois que Poirot levantou-se para se juntar a ela. – Eu disse o tempo todo que não gostava daquele homem, o tal Dr. Carelli. Há alguma coisa nele... insincera... e é tão escorregadio nas suas maneiras... Claro, eu não comentaria nada na frente de Lucia, já que supostamente é um amigo dela, mas não gosto dele. E Lucia é tão crédula! Tenho certeza de que aquele homem deve ter preparado o terreno para ganhar a confiança dela, a fim de ser convidado à casa e assim roubar a fórmula.

Poirot observou a Srta. Amory ironicamente antes de perguntar:

— Não tem nenhuma dúvida, então, de que foi o Dr. Carelli quem roubou a fórmula de Sir Claud?

Caroline Amory olhou com surpresa para o detetive.

— Meu caro Monsieur Poirot! – exclamou ela. – Quem mais o poderia ter feito? Ele era o único estrangeiro presente. Naturalmente, meu irmão não gostaria de acusar um convidado, assim concedeu uma chance para que o documento fosse restituído. Achei que foi uma solução muito delicada. Muito delicada mesmo!

— Claro que foi — concordou Poirot, diplomaticamente, pondo um braço amigável em torno do ombro da Srta. Amory, para evidente desprazer da dama. — Agora, senhorita, vou tentar uma pequena experiência na qual gostaria de sua cooperação. — Ele retirou o braço de seu ombro. — Onde estava sentada quando as luzes se apagaram?

— Ali! — declarou a Srta. Amory, indicando o canapé.

— Poderia então fazer o favor de sentar-se ali novamente?

Caroline Amory foi até o canapé e sentou-se.

— Agora, senhorita — anunciou Poirot —, quero que faça um grande esforço de imaginação! Feche os olhos, por favor.

A Srta. Amory fez o que ele pediu.

— Ótimo — continuou Poirot. — Agora imagine que você está de novo aqui onde esteve ontem à noite. Está escuro. Você não pode ver nada. Mas pode ouvir. Agora vá recuando.

Interpretando literalmente as palavras do detetive, a Srta. Amory se recostou no canapé.

— Não, não — disse Poirot —, eu quis dizer recuando mentalmente no tempo. O que pode ouvir? Isso, volte no tempo. Agora, diga-me o que ouve na escuridão.

Impressionada pela evidente seriedade do detetive, Caroline Amory esforçou-se para fazer o que ele queria. Parando por um momento, ela então começou a falar, devagar e aos arrancos.

— Arquejos — disse ela. — Um monte de pequenos arquejos... e depois o barulho de uma cadeira caindo... e uma espécie de tinido metálico...

— Foi como este? — perguntou Poirot, tirando uma chave do bolso e deixando-a cair no assoalho. Não produziu nenhum som, e a Srta. Amory, após esperar alguns segundos, declarou que não pôde ouvir nada. — Bem, como este, talvez? — Tentou de novo, apanhando a chave no chão e batendo-a bruscamente contra a mesinha de café.

— Foi exatamente este o som que ouvi ontem à noite! — exclamou Caroline Amory. — Que curioso!

– Continue, por favor, senhorita – estimulou-a Poirot.

– Bem, ouvi Lucia gritar e chamar Sir Claud. E aí veio na porta a batida.

– Isso foi tudo? Tem certeza?

– Sim, acho que sim... ah, espere um minuto! Logo no começo, houve um ruído curioso, como seda rasgando. O vestido de alguém, suponho.

– Vestido de quem, você acha? – indagou Poirot.

– Deve ter sido o de Lucia. De Barbara, não poderia ser, porque ela estava sentada aqui, bem do meu lado.

– Curioso isso – murmurou Poirot, pensativo.

– E foi realmente tudo – concluiu a Srta. Amory. – Posso abrir os olhos agora?

– Oh, sim, claro que pode, senhorita. – Enquanto ela o fazia, Poirot perguntou: – Quem serviu o café de Sir Claud? Foi você?

– Não – disse ela. – Foi Lucia quem o serviu.

– Quando foi, exatamente?

– Deve ter sido logo após termos conversado sobre aquelas drogas terríveis.

– A Sra. Amory entregou o café pessoalmente a Sir Claud?

Caroline Amory parou para pensar.

– Não... – finalmente decidiu.

– Não? – indagou Poirot. – Então, quem o fez?

– Não sei... não tenho certeza... deixe-me ver... Ah, sim, agora lembro! A xícara de Sir Claud estava na mesa ao lado da própria xícara de Lucia. Eu me lembro porque o Sr. Raynor estava levando a xícara para Sir Claud no escritório; aí Lucia o chamou de volta e disse que pegara a xícara errada... o que para mim era uma tolice, já que continham a mesma coisa: café preto, sem açúcar.

– Então – observou Poirot –, o Sr. Raynor levou o café para Sir Claud?

– Sim... ou, pelo menos... não, está certo; Richard tomou-a dele, porque Barbara quis dançar com o Sr. Raynor.

– Ah! Então, o Sr. Amory levou o café para pai.

– Sim, foi isso – confirmou a Srta. Amory.

– Ah! – exclamou Poirot. – Diga-me, o que *monsieur* Amory esteve fazendo pouco antes disso? Dançando?

– Ah, não – respondeu a Srta. Amory. – Ele ficou guardando as drogas. Colocando-as de volta na caixa, ordenadamente.

– Entendo. Então, Sir Claud tomou seu café no escritório?

– Suponho que tenha começado a tomar – recordou ela. – Mas depois veio para cá com a xícara nas mãos. Lembro de ele ter reclamado do sabor, dizendo que estava amargo. E asseguro-lhe, Monsieur Poirot, que era um café da melhor qualidade. Uma mistura especial que encomendo pessoalmente dos reembolsáveis das forças armadas, em Londres. Você conhece aquele maravilhoso reembolsável na Victoria Street. É tão conveniente e não fica muito longe da estação ferroviária. E eu...

Ela se interrompeu quando a porta se abriu, e Edward Raynor entrou.

– Estou interrompendo? – perguntou o secretário. – Sinto muito. Eu queira falar com Monsieur Poirot, mas posso voltar mais tarde.

– Não, não – declarou Poirot. – Já acabei de torturar esta pobre dama!

A Srta. Amory se levantou.

– Receio que não tenha sido capaz de informar-lhe nada de útil – desculpou-se ela, enquanto seguia para a porta.

Poirot ergueu-se e se antecipou a ela.

– Foi muito útil para mim, senhorita, talvez muito mais do que se dê conta – garantiu ele à Srta. Amory, enquanto abria a porta para ela.

13

Após observar a saída da Srta. Amory, Poirot voltou a atenção para Edward Raynor.

— Agora, *monsieur* Raynor — disse, apontando uma cadeira para o secretário —, deixe-me ouvir o que tem a dizer.

Raynor sentou-se e fitou Poirot, seriamente.

— O Sr. Amory acabou de me contar as novidades sobre Sir Claud. A causa de sua morte, quero dizer. Este é um caso dos mais extraordinários, senhor.

— Representou um choque para você? — quis saber Poirot.

— Certamente. Eu nunca suspeitaria de algo assim.

Aproximando-se dele, Poirot entregou a Raynor a chave que encontrara, observando o secretário intensamente ao fazê-lo.

— Já viu essa chave antes, senhor Raynor? — perguntou ele.

Raynor pegou a chave, e girou-a nas mãos com ar intrigado.

— Parece com a chave do cofre de Sir Claud. Mas soube pelo Sr. Amory que a chave de Sir Claud estava no lugar certo, na corrente que ele usava. — Devolveu a chave a Poirot.

— Sim, esta é a chave para o cofre no escritório de Sir Claud, mas é uma duplicata — disse-lhe Poirot, acrescentando, intencionalmente: — Uma duplicata que foi deixada no chão, debaixo da cadeira que você ocupou ontem à noite.

Raynor olhou para o detetive sem a menor hesitação.

— Se pensa que a deixei cair, está equivocado — declarou.

Poirot observou-o por um momento, depois balançou a cabeça como que satisfeito.

— Acredito em você — disse. Dirigindo-se rapidamente ao canapé, ele sentou-se e esfregou as mãos unidas. — Agora, vamos ao trabalho, senhor Raynor. Era o secretário particular de Sir Claud, não era?

— Exatamente.

— Então sabia muita coisa sobre o trabalho dele?

— Sim. Tenho uma certa base de conhecimento científico, e vez por outra o ajudava em suas experiências.

— Sabe de alguma coisa — perguntou Poirot — que possa lançar uma luz sobre este caso lamentável?

Raynor tirou uma carta do bolso.

— Só isto — respondeu, enquanto se levantava, ia até Poirot e entregava-lhe a carta. — Uma das minhas tarefas era abrir e selecionar toda a correspondência de Sir Claud. Esta carta chegou há dois dias.

Poirot pegou a carta e leu-a em voz alta:

— "Você está criando uma víbora em seu lar." Lar? — indagou, virando-se para Hastings antes de continuar: — "Cuidado com Selma Goetz e sua prole. Seu segredo é conhecido. Fique alerta." Está assinado "Espião". Hum, muito pitoresco e dramático, Hastings, você vai gostar disso — assinalou Poirot, passando a carta ao amigo.

— O que eu gostaria de saber — declarou Edward Raynor — é o seguinte: quem é Selma Goetz?

Recostando-se e unindo as pontas dos dedos, Poirot anunciou:

— Acho que posso satisfazer sua curiosidade, senhor. Selma Goetz foi a espiã internacional mais bem-sucedida que o mundo já viu. Foi também uma linda mulher. Trabalhou para a Itália, a França, a Alemanha, e finalmente, creio, para a Rússia. Sim, Selma Goetz foi uma mulher extraordinária.

Raynor recuou um passo e falou com veemência:

— Foi?

— Ela está morta — explicou Poirot. — Morreu em Gênova, em novembro último. — Recebeu a carta de volta de Hastings, que balançara a cabeça com uma expressão perplexa.

— Então esta carta deve ser um embuste — exclamou Raynor.

— Fico pensando — murmurou Poirot. — "Selma Goetz e sua prole", diz a carta. Selma Goetz deixou uma filha, *monsieur*

Raynor, uma garota muito linda, que desapareceu por completo após a morte da mãe. – Ele pôs a carta no bolso.

– Seria possível que...? – começou Raynor, depois parou.

– Sim? O que mesmo ia dizer, senhor? – estimulou-o Poirot.

Aproximando-se do detetive, Raynor falou, ansiosamente:

– A criada italiana da Sra. Amory. Ela a trouxe da Itália, uma jovem muito bonita, chamada Vittoria Muzio. Poderia ser filha de Selma Goetz?

– Ah, esta é uma ideia. – Poirot soou impressionado.

– Vou mandá-la falar com você – sugeriu Raynor, virando-se para sair.

Poirot ergueu-se.

– Não, não, um minuto. Acima de tudo, não devemos alarmá-la. Deixe-me falar com a Sra. Amory primeiro. Ela será capaz de me contar alguma coisa a respeito dessa jovem.

– Talvez tenha razão – concordou Raynor. – Falarei com a Sra. Amory imediatamente.

O secretário deixou o quarto com o ar de um homem determinado. Hastings aproximou-se de Poirot em grande empolgação.

– É isso, Poirot! Carelli e a criada italiana em conluio, trabalhando para um governo estrangeiro. Não concorda?

Imerso em pensamentos, Poirot ignorou o colega.

– Poirot? Não acha que seja isso? Carelli e a criada trabalhando juntos?

– Ah, sim, é exatamente o que você diria, meu amigo.

Hastings pareceu ofendido.

– Bem, qual é a sua ideia? – perguntou a Poirot em tom injuriado.

– Existem várias perguntas sem resposta, meu caro Hastings. Por que o colar da Sra. Amory foi roubado dois meses atrás? Por que ela se recusou a chamar a polícia na ocasião? Por que...?

Interrompeu-se quando Lucia entrou na sa... sua bolsa.

– Soube que queria me ver, Monsieur Poirot. É isso... mo? – perguntou ela.

– Sim, senhora. Gostaria apenas de fazer-lhe algumas perguntas. – Ele indicou uma cadeira junto à mesa. – Não quer sentar?

Lucia foi até a cadeira e sentou-se, enquanto Poirot voltava-se para Hastings.

– Meu amigo, o jardim lá fora é muito agradável – observou Poirot, pegando Hastings pelo braço e impelindo-o gentilmente em direção às portas envidraçadas. Hastings parecia nitidamente relutante em sair, mas a insistência de Poirot, embora gentil, foi firme. – Sim, meu amigo, vá apreciar as maravilhas da natureza.

Um tanto de má vontade, Hastings permitiu-se ser despachado porta afora. Então, já que o dia era quente e ensolarado, decidiu fazer o melhor na presente situação e explorar o jardim. Caminhando silenciosamente pelo gramado, seguiu em direção a uma sebe além da qual um jardim formal parecia extremamente convidativo.

Enquanto caminhava pela beirada da sebe, Hastings percebeu vozes muito próximas, vozes que, à medida que se aproximava, reconheceu como sendo de Barbara Amory e do Dr. Graham que, ao que parecia, desfrutavam de um *tête-à-tête* num banco, bem do lado oposto da sebe. Na esperança de entreouvir algo relevante a respeito da morte de Sir Claud ou do desaparecimento da fórmula, que fosse de utilidade para Poirot, Hastings parou para escutar.

– ...perfeitamente claro que ele pensa que sua linda prima pode fazer mais por ela mesma do que um médico local. Esta parece ser a base de sua falta de entusiasmo pelo modo como vemos um ao outro – estava dizendo Kenneth Graham.

– É, sei que Richard pode às vezes ser um antiquado e agir como alguém com o dobro de sua idade – replicou a voz de

Barbara. – Mas não acho que você deva se sentir afetado por isso, Kenny. Eu certamente nem ligo para ele.

– Bem, nem eu – disse o Dr. Graham. – Mas, veja bem, Barbara, pedi que me encontrasse aqui porque queria falar a sós com você, longe da vista ou dos ouvidos da família. Antes de tudo, devo dizer-lhe que não há dúvida quanto a isso: seu tio foi envenenado ontem à noite.

– É mesmo? – Barbara parecia entediada.

– Não parece surpresa ao ouvir isso.

– Bem, suponho que estou surpresa. Afinal, membros de uma família não são envenenados todo dia, não é? Mas tenho de admitir que não estou particularmente perturbada com a morte dele. De fato, acho que estou contente.

– Barbara!

– Ora, não finja que está surpreso ao ouvir isso, Kenny. Você me ouviu, em incontáveis ocasiões, falar mal do velho mesquinho. Ele realmente não se preocupava conosco, só estava interessado em suas velhas e bolorentas experiências. Ele tratou Richard muito mal e não recebeu Lucia particularmente bem quando Richard a trouxe da Itália como sua noiva. E Lucia é tão doce, tão absolutamente correta com Richard!

– Barbara, querida, tenho de perguntar-lhe isto. Mas prometo a você que tudo que me disser ficará entre nós. Eu a protegerei, se necessário. Mas diga-me: sabe alguma coisa... qualquer coisa... acerca da morte do seu tio? Tenho alguma razão para suspeitar que Richard, por exemplo, poderia ter ficado tão desesperado com sua situação financeira que pensasse em matar Sir Claud a fim de pôr as mãos no que acabaria sendo sua herança?

– Não quero continuar essa conversa, Kenny. Pensei que me havia chamado aqui para me sussurrar coisas doces, não para acusar meu primo de assassinato.

– Querida, não estou acusando Richard de nada. Mas você deve admitir que existe alguma coisa errada aqui. Richard parece não querer uma investigação policial da morte de Sir Claud.

É como se estivesse com medo do que poderia ser revelado. Não há como impedir a polícia de assumir o caso, é claro, mas ele deixou perfeitamente claro que está furioso comigo por ter provocado uma investigação oficial. Eu só cumpri meu dever como médico, afinal. Como eu poderia assinar um atestado de óbito declarando que Sir Claud morreu de um ataque cardíaco? Pelo amor de Deus, não havia absolutamente nada de errado com seu coração quando fez o último *check-up* regular, há apenas algumas semanas.

– Kenny, não quero ouvir mais nada. Vou entrar. Fará seu passeio sozinho pelo jardim, não é? Eu o verei por aí.

– Barbara, eu só queria... – Mas ela já se afastara, e o Dr. Graham emitiu um suspiro profundo, quase um gemido. Naquele momento, Hastings achou melhor seguir rapidamente de volta à casa sem ser visto por nenhum dos dois.

14

De volta à biblioteca, só depois de Hastings, impelido por Hercule Poirot, ter feito sua saída forçada para o jardim, o detetive voltou a atenção de novo para Lucia Amory, tomando primeiro a precaução de fechar as portas envidraçadas.

Lucia olhou ansiosa para Poirot.

– Deseja perguntar sobre minha criada, Monsieur Poirot. Foi o que o Sr. Raynor me disse. Mas ela é uma boa moça. Tenho certeza de que não há nada de errado com ela.

– Senhora – disse Poirot –, não é sobre a sua criada que desejo falar-lhe.

Lucia pareceu espantada quando começou:

– Mas o Sr. Raynor disse...

Poirot a interrompeu.

— Receio ter tido meus próprios motivos para permitir que o Sr. Raynor assim pensasse.

— Bem, o que é então? — a voz de Lucia era cautelosa agora.

— A senhora — observou Poirot —, me fez um belo cumprimento a noite passada. Disse que confiou em mim tão logo me viu.

— Bem?

— Bem, senhora, peço-lhe que confie em mim agora!

— O que quer dizer?

Poirot observou-a, solenemente.

— A senhora é jovem, bonita, é admirada, amada... tudo que uma mulher deseja e anseia. Mas há uma coisa, *madame*, que lhe falta... um padre confessor! Permite que o padre Poirot se ofereça para o posto?

Lucia já ia falar, quando Poirot a interrompeu.

— Agora, pense bem antes de recusar, *madame*. Foi a seu pedido que permaneci aqui. Fiquei para servi-la. E ainda desejo fazê-lo.

Com um súbito lampejo temperamental, Lucia replicou:

— Pode me servir melhor agora se for embora, *monsieur*.

— *Madame* — continuou Poirot, imperturbável —, sabe que a polícia já foi chamada?

— A polícia?

— Sim.

— Mas por quem? E por quê?

— O Dr. Graham, e os outros médicos, seus colegas — disse-lhe Poirot —, descobriram que Sir Claud foi envenenado.

— Ah, não! Não! Isso não! — Lucia soou mais horrorizada do que surpresa.

— Sim. Como pode ver, *madame*, resta muito pouco tempo para que decida sobre o curso de ação mais prudente. No momento, eu lhe sirvo. Mais tarde, posso ter de servir à justiça.

Os olhos de Lucia estudaram o rosto de Poirot como se tentando decidir se confiaria nele. Por fim:

— O que quer que eu faça? — perguntou ela, vacilante.

Poirot sentou-se e encarou-a.

— O que irá querer? — murmurou para si mesmo e então, dirigindo-se a Lucia, sugeriu gentilmente. — Por que simplesmente não me conta a verdade, *madame*?

Lucia fez uma pausa. Estendendo a mão na direção dele, ela começou:

— Eu... eu... — Fez outra pausa, indecisa, e depois sua expressão endureceu. — Realmente, Monsieur Poirot, não estou conseguindo compreendê-lo.

Poirot fitou-a atentamente.

— Ah! Então vai ser assim, não é? Sinto muito.

De certa forma recuperando a compostura, Lucia falou friamente:

— Se me contar o que deseja de mim, responderei a quaisquer perguntas que queira me fazer.

— Ah! — exclamou o pequeno detetive. — Joga sua perspicácia contra Hercule Poirot, não é? Muito bem, então. Esteja certa, porém, *madame*, de que chegaremos à verdade apesar de tudo. — Ele bateu na mesa. — Mas por um processo menos agradável.

— Não tenho nada a esconder — disse-lhe Lucia, desafiadora.

Tirando do bolso a carta que Edward Raynor lhe dera, Poirot a passou para Lucia.

— Alguns dias atrás, Sir Claud recebeu esta carta anônima — informou ele.

Lucia deu uma olhada na carta, sem se alterar.

— Bem, o que é isso? — comentou, enquanto a devolvia a Poirot.

— Já ouviu falar nesse nome antes? Selma Goetz?

— Nunca! Quem é?

— Ela morreu... em Gênova... em novembro último — disse Poirot.

— É mesmo?

– Talvez a tenha conhecido lá – assinalou Poirot, recolocando a carta no bolso. – De fato, acho que conheceu.

– Nunca estive em Gênova na minha vida – insistiu Lucia, veemente.

– Então, e se alguém estivesse dizendo que viu vocês lá?

– Nesse caso... estaria equivocado.

Poirot insistiu.

– Mas eu soube, *madame*, que foi em Gênova que conheceu seu marido.

– Richard disse isso? Que idiotice a dele! Nós nos conhecemos em Milão.

– Então a mulher com quem esteve em Gênova...

Lucia o aparteou, furiosa.

– Já lhe disse que nunca estive em Gênova!

– Ah, *pardon!* – exclamou Poirot. – É claro, acabou de me dizer há pouco. Ainda assim, é estranho!

– O que é estranho?

Poirot fechou os olhos e recostou-se na cadeira. Sua voz saiu ronronante de entre seus lábios.

– Vou lhe contar uma pequena história – anunciou ele, pegando um livro de bolso do paletó. – Tenho um amigo que faz fotografias para certos jornais londrinos. Ele bate... como direi?... instantâneos de condessas e outras damas elegantes que tomam banho de mar no Lido. Esse tipo de coisa. – Poirot folheou o livreto, antes de continuar. – Em novembro último, esse amigo meu por acaso estava em Gênova e reconheceu uma dama muito famosa. Baronesa de Giers, ela se chamava nessa época, e era a *chérie amie* de um eminente diplomata francês. Todo mundo comentava, mas a dama não dava a menor importância, porque o diplomata também comentava, e é isso que ela desejava. Ele era mais amoroso do que discreto, você entende... – Poirot interrompeu-se com um ar inocente. – Não a estou entediando, estou, *madame*?

– De modo algum, mas não consigo ver aonde quer chegar com essa história.

Passando a vista pelo sumário do livro de bolso, Poirot continuou:

– Estou chegando lá, asseguro-lhe, *madame*. Meu amigo me mostrou um instantâneo que bateu. Concordamos que a baronesa de Giers era *une très belle femme*, e que o comportamento do diplomata não era surpresa para nós.

– Isso é tudo?

– Não, *madame*. Como vê, a dama não estava só. Ela foi fotografada passeando com sua filha, e esta filha, *madame*, tinha um rosto muito bonito, e um rosto, além disso, que não seria muito fácil de esquecer. – Poirot ergueu-se, fez sua mesura mais galante e fechou o livro de bolso. – É claro que reconheci aquele rosto tão logo cheguei aqui.

Lucia olhou para Poirot e soltou um suspiro profundo.

– Ah! – exclamou. Após um momento, ela se recompôs e riu. – Meu caro Monsieur Poirot, que equívoco mais curioso! Vejo agora aonde quis chegar com suas perguntas. Lembro-me perfeitamente da baronesa de Giers, bem como da sua filha, que era uma garota um tanto obtusa, mas a mãe me fascinava. Eu era totalmente romântica em relação a ela. Saí para passear com ela em diversas ocasiões. Creio que minha devoção a divertia. Foi aí, sem dúvida, que o engano surgiu. Que eu pudesse ser a filha daquela mulher. – Lucia afundou de volta na cadeira.

Poirot assentiu em uma lenta apreciação, ao que Lucia pareceu nitidamente relaxar. A seguir, de súbito, inclinando-se para ela por sobre a mesa, o detetive assinalou:

– Mas pensei que nunca tivesse estado em Gênova.

Apanhada desprevenida, Lucia arfou. Olhou fixamente para Poirot enquanto ele devolvia o livreto a um bolso interno do paletó.

–Você não tem nenhuma fotografia – disse ela. Metade pergunta, metade afirmação.

– Não – confessou Poirot. – Não tenho nenhuma fotografia, senhora. Eu sabia o nome que Selma Goetz usava em Gênova. O resto... meu amigo e suas fotografias... tudo não passou de uma pequena invenção de minha parte!

Lucia saltou de pé, os olhos flamejando de raiva.

– Armou uma cilada para mim! – exclamou, furiosa.

Poirot deu de ombros.

– Sim, senhora – admitiu. – Não me restava outra alternativa.

– O que tudo isso tem a ver com a morte de Sir Claud? – resmungou Lucia para si mesma, olhando freneticamente ao redor da sala.

Poirot simulou um tom de indiferença quando, em vez de responder, formulou outra pergunta:

– Senhora – perguntou, espanando uma imaginária partícula de poeira do seu paletó enquanto falava –, é verdade que perdeu um valioso colar de diamantes pouco tempo atrás?

Lucia o encarou.

– Mais uma vez pergunto – disse, suas palavras emergindo como se através de dentes cerrados. – O que isso tem a ver com a morte de Sir Claud?

Poirot falou, lenta e deliberadamente.

– Primeiro, um colar roubado... depois uma fórmula roubada. Mas envolvendo uma imensa soma em dinheiro.

– O que quer dizer? – arquejou Lucia.

– Quero dizer, senhora, que gostaria que respondesse a essa pergunta: quanto o Dr. Carelli quer... desta vez?

Lucia desviou os olhos de Poirot.

– Eu... eu... não vou mais responder a quaisquer outras perguntas – sussurrou.

– Porque tem medo? – indagou Poirot, aproximando-se dela.

Lucia desviou o olhar de novo, jogando a cabeça para trás num gesto de desafio.

– Não – garantiu ela. – Não estou com medo. Simplesmente não sei do que está falando! Por que o Dr. Carelli me pediria dinheiro?

– Para comprar o silêncio dele – replicou Poirot. – Os Amory são uma família orgulhosa, e a senhora não desejaria que soubessem quem é... a filha de Selma Goetz!

Lucia encarou Poirot por um momento sem responder. Depois, com os ombros arqueando-se, ela desabou numa cadeira, apoiando a cabeça nas mãos. Pelo menos um minuto se passou antes que erguesse os olhos com um suspiro.

– Richard sabe? – murmurou.

– Ele ainda não sabe, *madame* – respondeu lentamente Poirot.

Lucia mostrou-se desesperada enquanto suplicava:

– Não conte a ele, Monsieur Poirot! Por favor, não conte a ele! Richard é tão orgulhoso do nome de sua família, tão orgulhoso de sua honra! Fui perversa ao casar-me com ele! Mas eu me sentia tão infeliz! Detestava aquela vida, aquela vida medonha que era obrigada a levar com minha mãe. Aquilo me degradava. Mas o que podia fazer? E então, quando mamãe morreu, eu me senti finalmente livre! Livre para ser honesta! Livre para escapar daquela vida de mentiras e intrigas. Conheci Richard. Foi a coisa mais maravilhosa que já me aconteceu. Richard entrou na minha vida. Eu o amei, e ele quis se casar comigo. Como eu poderia dizer a ele quem era? Por que contaria a ele?

– E então – Poirot instigou-a brandamente – Carelli a reconheceu em algum lugar em companhia do *monsieur* Amory e começou a chantageá-la?

– Sim, mas eu não tinha dinheiro – arfou Lucia. – Vendi o colar e paguei a ele. Pensei que acabaria aí. Mas ontem ele apareceu por aqui. Tinha ouvido falar da fórmula inventada por Sir Claud.

– E queria que a roubasse para ele?

– Sim – suspirou Lucia.

— E a senhora o fez? – perguntou Poirot, chegando mais perto dela.

— Agora... já não acredita em mim – murmurou Lucia, balançando a cabeça, pesarosa.

Poirot contemplou a linda jovem com um olhar de simpatia.

— Sim, sim, minha criança, ainda acredito. Tenha coragem e confie no padre Poirot aqui, sim? Apenas me conte a verdade. Pegou a fórmula secreta de Sir Claud?

— Não, não fui eu, não fui eu! – declarou ela com veemência. – Mas é verdade que queria fazê-lo. Carelli fez uma cópia da chave do cofre de Sir Claud a partir de um molde que tirei.

Pegando uma chave no bolso e mostrando a ela, Poirot perguntou:

— É esta aqui?

Lucia olhou para a chave.

— Sim, foi inteiramente fácil. Carelli deu-me aquela chave. Eu estava no escritório, tomando coragem par abrir o cofre, quando Sir Claud entrou e me descobriu. Esta é a verdade, juro!

— Acredito na senhora – disse Poirot. Ele devolveu a chave ao seu bolso, foi até a poltrona e sentou-se. Uniu as pontas dos dedos e pensou por um momento. – E mesmo assim concordou de imediato com o esquema de Sir Claud de lançar o quarto na escuridão?

— Eu não queria ser revistada – explicou Lucia. – Carelli me passara um bilhete junto com a chave, e ambos estavam no meu vestido.

— O que fez com eles – indagou Poirot.

— Quando as luzes se apagaram, joguei a chave para longe de mim assim que pude. Lá – apontou na direção da cadeira ocupada por Edward Raynor na noite anterior.

— E o bilhete que Carelli lhe passou?

— Eu não sabia o que fazer com ele. – Lucia levantou-se e foi até a mesa. – Por isso, o coloquei entre as páginas de um livro. – Pegando um livro sobre a mesa, procurou dentro dele.

— Sim, ainda está aqui — declarou, enquanto tirava um pedaço de papel de dentro do livro. — Deseja que eu o leia?

— Não, *madame*, ele é seu — disse Poirot.

Sentando-se numa cadeira junto à mesa, Lucia rasgou o bilhete em pedacinhos, que pôs na sua bolsa. Poirot observou-a, mas fez uma pausa antes de perguntar:

— Uma coisinha mais, *madame*, por acaso rasgou seu vestido ontem à noite?

— Eu? Não! — Lucia pareceu surpresa.

— Durante aqueles momentos de escuridão — perguntou Poirot — ouviu algum som de vestido rasgando?

Lucia pensou por uns segundos. Então:

— Sim! Agora que mencionou isto — disse ela —, acho que sim. Mas não foi o meu. Deve ter sido o da Srta. Amory ou de Barbara.

— Bem, não vamos mais nos preocupar com isso — disse Poirot, descartando o assunto. — Agora, vamos passar a outra questão. Quem serviu o café de Sir Claud ontem à noite?

— Eu.

— E o pôs sobre a mesa, ao lado de sua própria xícara?

— Sim.

Poirot ergueu-se, inclinou-se à frente sobre a mesa na direção de Lucia e subitamente disparou sua pergunta seguinte:

— Em qual xícara pôs a hioscina?

Lucia olhou para ele de forma impetuosa.

— Como soube?

— Meu negócio é saber de coisas, *madame*. Em qual xícara?

Lucia suspirou.

— Na minha.

— Por quê?

— Porque eu queira... queria morrer. Richard suspeitava que eu tinha um caso com Carelli. Não podia estar mais longe da verdade. Eu odiava Carelli. E o odeio ainda mais agora. Porém, como eu havia falhado em obter a fórmula para ele, tinha certeza de que ia me expor perante Richard. Matar-me era um meio de fuga... o único meio. Um rápido sono sem sonhos... e não acordar mais... foi o que ele disse.

– Quem lhe disse isso?

– O Dr. Carelli.

– Começo a entender... começo a entender – murmurou Poirot. Apontou para a xícara sobre a mesa. – Esta é sua xícara então? Uma xícara cheia, intocada?

– Sim?

– O que a fez mudar de ideia para não tomá-la?

– Richard veio até mim. Disse que iria me levar embora... para o exterior... que iria arranjar o dinheiro, de alguma forma. Ele me devolveu... a esperança.

– Agora, ouça-me atentamente, *madame* – disse Poirot, seriamente. – Esta manhã, o Dr. Graham levou embora a xícara que estava diante da cadeira de Sir Claud.

– Levou?

– Seus colegas médicos não irão encontrar nela nada mais que a borra de café... – fez uma pausa.

Sem olhar para ele, Lucia respondeu:

– É... é claro.

– Não é isso mesmo? – insistiu Poirot.

Lucia olhou direto à sua frente sem responder. Depois, fitando Poirot, disse:

– Por que está me olhando desse jeito? O senhor me assusta!

– Eu disse – repetiu Poirot – que levaram a xícara que esteve junto à cadeira de Sir Claud esta manhã. Vamos supor, em vez disso, que tivessem levado a xícara que esteve junto à cadeira dele ontem à noite. – Ele foi até a mesa perto da porta e pegou uma xícara de café do vaso de planta. – Vamos supor que tivessem levado esta xícara!

Lucia ergueu-se rapidamente, pondo as mãos no rosto.

– Você sabe! – arfou.

Poirot foi até ela.

– Senhora! – sua voz agora era enérgica. – Eles testarão a xícara deles, se já não o fizeram, e sabe o que vão encontrar? Nada.

Mas ontem à noite tirei um pouco da borra da xícara original. E se eu lhe dissesse que achei hioscina na xícara de Sir Claud?

Lucia pareceu acometida de um ataque. Ela oscilou, mas a seguir se recuperou. Não disse nada por um momento.

– Tem razão – sussurrou em seguida. – Tem inteira razão. Eu o matei. – Sua voz ficou de súbito estridente. – Eu o matei! Coloquei hioscina na xícara *dele*! – Indo até a mesa, ela agarrou a xícara cheia. – Esta aqui... só tem café!

Ela levou a xícara aos lábios, mas Poirot adiantou-se e pôs a mão entre a xícara e os lábios dela. Olharam um para o outro intencionalmente por um tempo, depois Lucia irrompeu em soluços. Poirot tomou-lhe a xícara e a colocou sobre a mesa.

– *Madame*! – exclamou ele.

– Por que me impediu? – murmurou Lucia.

– *Madame* – disse-lhe Poirot –, o mundo é lindo. Por que deseja abandoná-lo?

– Eu... oh! – Lucia desabou no canapé, soluçando amargamente.

Quando Poirot falou, sua voz estava cálida e gentil.

– A senhora me disse a verdade. Pôs a hioscina em sua própria xícara. Acredito na senhora. Mas também havia hioscina nas outras xícaras. Agora, me fale a verdade outra vez. Quem pôs a hioscina na xícara de Sir Claud?

Lucia fitou Poirot com terror.

– Não, não, está enganado. Ele não o fez. Fui eu quem o matou – gritou histérica.

– Quem não o fez? Quem está protegendo, senhora? Diga-me – exigiu Poirot.

– Não foi ele, acredite – soluçou Lucia.

Houve uma batida na porta.

– Deve ser a polícia! – declarou Poirot. – Temos muito pouco tempo. Eu lhe farei duas promessas, senhora. A de número um é que a pouparei de...

— Mas eu o matei, garanto — a voz de Lucia era quase gritada.

— A promessa número dois — continuou Poirot, imperturbável — é que salvarei seu marido!

— Oh! — arfou Lucia, fitando-o atordoada.

O mordomo, Treadwell, entrou. Anunciou, dirigindo-se a Poirot:

— Chegou o inspetor Japp, da Scotland Yard.

15

Quinze minutos depois, o inspetor Japp, acompanhado do jovem policial Johnson, terminou sua inspeção inicial da sala de estar. Japp, um homem roliço e cordial de meia-idade, com uma silhueta atarracada e feições coradas, estava recapitulando com Poirot e Hastings, que retornara de seu exílio no jardim.

— Sim — disse Japp para seu policial —, o Sr. Poirot e eu somos velhos conhecidos. Você já me ouviu falar dele com frequência. Ele ainda era um membro da força policial belga quando trabalhamos juntos pela primeira vez. Foi no caso do falsário Abercrombie, não foi, Poirot? Nós o perseguimos até Bruxelas. Ah, aqueles grandes dias. E lembra-se do "barão" Altara? Ali estava um tremendo trapaceiro! Escapou ao cerco de metade da polícia europeia. Mas nós o apanhamos em Antuérpia... graças ao Sr. Poirot aqui.

Japp virou-se de Johnson para Poirot.

— E depois voltamos a nos encontrar neste país, não foi, Poirot? — disse ele. — Na época você já estava aposentado, claro. Resolveu aquele misterioso caso de Styles, lembra? A última vez em que colaboramos juntos num caso foi há dois anos, não? Aquele caso do nobre italiano em Londres. Bem, é realmente bom revê-lo, Poirot. Quase caí das nuvens ao chegar, poucos minutos atrás, e deparar com sua velha e engraçada fachada.

— Fachada? — perguntou Poirot, intrigado. A gíria britânica sempre o deixava confuso.

— Seu rosto, quero dizer, meu chapa — explicou Japp, rindo. — Bem, iremos trabalhar juntos nisso?

Poirot sorriu.

— Meu bom Japp, você conhece minhas pequenas fraquezas!

— O velho patife dissimulado, não é? — assinalou Japp, batendo no ombro de Poirot. — Aqui entre nós, aquela Sra. Amory, com quem estava falando quando cheguei, é muito interessante, hein? Esposa de Richard Amory, não? Aposto que estava se divertindo, seu velho sonso!

O inspetor deu uma risada um tanto grosseira e sentou-se numa cadeira junto à mesa.

— De qualquer modo — continuou ele —, este é apenas o tipo de caso que lhe agrada em especial. Satisfaz sua mente tortuosa. Quanto a mim, detesto casos de envenenamento. Nada para seguir. Você tem de descobrir o que comeram e o que beberam, quem manipulou, quem inalou e quanto. Admito que o Dr. Graham parece bem claro sobre o caso. Ele diz que a droga deve ter sido colocada no café. Segundo ele, uma dose dessa poderia ter efeito quase instantâneo. Claro que saberemos ao certo quando tivermos o relatório da análise, mas já temos o bastante para ir em frente.

Japp levantou-se.

— Bem, já terminei com esta sala — declarou. — Seria melhor eu ir trocar umas palavras com Richard Amory, suponho, e depois verei esse tal Dr. Carelli. Ele parece ser o nosso homem. Mas seja imparcial, é o que sempre digo, seja imparcial. — Ele seguiu até a porta. — Você vem, Poirot?

— Mas é claro, eu o acompanharei — disse Poirot, juntando-se a ele.

– O capitão Hastings também, não tenho dúvida – Japp riu. – Vive grudado em você como se fosse sua sombra, não é, Poirot?

Poirot lançou um olhar significativo para o amigo.

– Talvez Hastings preferisse continuar aqui – assinalou ele.

Pegando sua deixa de maneira um tanto óbvia, Hastings replicou:

– Sim, sim, acho que ficarei aqui.

– Bem, como preferir. – Japp pareceu surpreso. Ele e Poirot saíram, seguidos pelo jovem policial. Um momento depois, Barbara Amory entrou pelas portas envidraçadas, chegando do jardim. Usava blusa cor-de-rosa e calças compridas de cor suave.

– Ah! Aí está você, meu caro. Diga, o que é isto que acabou de desabar sobre nós? – perguntou ela a Hastings, enquanto seguia até o canapé e se sentava. – É a polícia?

– Sim – disse Hastings, juntando-se a ela no canapé. – É o inspetor Japp, da Scotland Yard. Ele foi ver seu primo agora, para fazer-lhe algumas perguntas.

– Acha que vai querer me interrogar?

– Não sei dizer. Mas mesmo que o faça – assegurou-lhe Hastings –, não há motivo para se alarmar.

– Ah, não estou alarmada – disse Barbara. – Na verdade, acho que seria absolutamente fantástico! Mas seria tentador exagerar um pouco, só para criar sensação. Adoro emoção, e você?

Hastings pareceu confuso.

– Eu... realmente não sei. Não, acho que não gosto de emoção.

Barbara Amory olhou-o zombeteira.

– Sabe que você me intriga? – disse ela. – Onde passou toda a sua vida?

– Bem, passei vários anos na América do Sul.

– Eu sabia! – exclamou Barbara. Ela pôs a mão sobre os olhos. – Os amplos espaços abertos. Eis por que você é tão deliciosamente antiquado.

Hastings agora pareceu ofendido.

– Como disse? – perguntou ele, num tom seco.

– Ah, mas eu adoro isso – Barbara se apressou em explicar. – Acho que você é um amor, sem dúvida um amor de pessoa.

– O que exatamente quis dizer com antiquado?

– Bem – continuou Barbara –, estou certa de que você acredita em todos os tipos de velhas coisas tacanhas, como decência, e não mente a não ser por um motivo muito forte, sempre realçando o lado bom das coisas.

– Exatamente – concordou Hastings com alguma surpresa. – Você não?

– Eu? Bem, por exemplo, espera que eu apoie a ficção de que a morte de tio Claud foi um lamentável acidente?

– Não foi? – Hastings pareceu chocado.

– Meu caro! – exclamou Barbara. Ela ergueu-se e se empoleirou na beirada da mesinha de centro. – Até onde me interessa, foi a coisa mais maravilhosa que já aconteceu. Você nem imagina como ele era sovina. Não sabe como ele nos oprimia! – Ela parou, dominada pela força dos seus sentimentos.

Incomodado, Hastings começou:

– Eu... eu... espero que você não...

Barbara o interrompeu:

– Não aprecia a honestidade? É simplesmente o que achei que apreciaria. Ou preferiria que eu estivesse usando luto e sussurrando "Pobre tio Claud, foi tão bom para todos nós"?

– Francamente! – exclamou Hastings.

– Oh, não precisa fingir – continuou Barbara. – Eu sei que no fundo concorda comigo, se o conheço bem. Mas o que digo é que a vida não é longa o bastante para toda essa falsidade e presunção. Tio Claud não foi bom para nós. Tenho certeza de que, no fundo, todos estão realmente contentes com sua morte. Sim, até mesmo tia Caroline. Coitada, ela o aturou por mais tempo que qualquer um de nós.

Barbara de repente se acalmou. Quando voltou a falar foi num tom mais brando:

— Estive pensando, sabe. Cientificamente falando, tia Caroline poderia ter envenenado tio Claud. Aquele ataque cardíaco da noite passada foi realmente muito esquisito. Nem acredito que foi ataque cardíaco. Simplesmente acho que reprimir seus sentimentos por todos esses anos tenha levado tia Caroline a desenvolver algum poderoso complexo...

— Suponho que seja teoricamente possível — murmurou Hastings com prudência.

— Fico porém imaginando quem foi que roubou a fórmula — continuou Barbara. — Todos dizem que foi o italiano, mas pessoalmente desconfio de Treadwell.

— O mordomo? Meu Deus! Por quê?

— Porque ele nunca chegou perto do escritório!

Hastings parecia perplexo.

— Mas então...

— Sou muito ortodoxa de algumas maneiras — assinalou Barbara. — Fui acostumada a suspeitar da pessoa menos provável. Daquela que está em todas as melhores novelas de mistério. E Treadwell é certamente a pessoa menos provável.

— Exceto você, talvez — sugeriu Hastings, com uma risada.

— Oh, eu! — Barbara sorriu com incerteza, enquanto se levantava e se afastava dele. — Que curioso — murmurou ela para si mesma.

— O que é curioso? — perguntou Hastings, levantando-se.

— Algo que acabei de pensar. Vamos sair para o jardim. Detesto ficar aqui. — E seguiu rumo às portas envidraçadas.

— Acho que preciso ficar aqui — disse Hastings.

— Por quê?

— Não devo deixar esta sala.

— Sabe, acho que você tem um complexo em relação a esta sala. Lembra-se de ontem à noite? Estávamos aqui, completamente arrasados com o desaparecimento da fórmula, e aí você entrou e produziu o mais maravilhoso anticlímax, ao dizer, na sua maneira mais coloquial: "Que salão aconchegante, Sr. Amory." Foi tão engraçado quando vocês dois entraram! E vinha este extraordinário baixinho com você, com pouco mais de 1,50 metro de altura mas com um ar de dignidade imensa. E você, oh, tão educado...

– Poirot é um tanto estranho à primeira vista, admito – concordou Hastings. – E tem todos os possíveis pontos fracos. Por exemplo, é absolutamente fanático por arrumação de qualquer espécie. Se vê algo fora do lugar, ou uma partícula de poeira, ou mesmo um leve amarrotado na roupa de alguém, isso é para ele uma tortura absoluta.

– Vocês dois fazem um contraste maravilhoso – disse Barbara, rindo.

– Os métodos de investigação de Poirot são muito peculiares, você sabe – continuou Hastings. – Ordem e método são os seus deuses. Ele tem um grande desdém por prova tangível, coisas como pegadas e cinza de cigarro. De fato insiste que, seguidas ao pé da letra, elas nunca permitirão que um detetive solucione um problema. O verdadeiro trabalho, diz ele, é feito de dentro. E então ele dá um tapinha naquela sua cabeça de ovo e declara, com grande satisfação: "As pequenas células cinzentas do cérebro... lembre-se sempre delas, *mon ami*."

– Ah, acho que ele é um crânio – declarou Barbara. – Mas não tão doce quanto você, com seu "Que salão aconchegante!".

– Mas é mesmo aconchegante – insistiu Hastings, soando um tanto irritado.

– Pessoalmente, não concordo com você – disse Barbara. Ela pegou-o pela mão e tentou arrastá-lo em direção às portas envidraçadas abertas. – De qualquer modo, você já aproveitou esse aconchego por tempo demais. Venha.

– Não está entendendo – disse Hastings, puxando a mão. – Eu prometi a Poirot.

Barbara falou lentamente.

– Prometeu a Monsieur Poirot que não deixaria esta sala? Mas por quê?

– Não posso contar.

– Ah! – Barbara ficou em silêncio por um ou dois minutos, depois seu comportamento mudou. Ela foi para trás de Hastings e começou a recitar, numa voz exageradamente dramática: – "O garoto permaneceu no convés em chamas..."

– Como disse?

– "De onde todos menos ele escaparam." E então, meu doce?

– Eu simplesmente não a entendo – declarou Hastings, exasperado.

– Por que deveria me entender? Ah, você é realmente um amor – disse Barbara, tomando-o pelo braço. – Venha e seja sedutor. Sabe que realmente o acho adorável.

– Você está me fazendo de bobo.

– Nada disso – insistiu Barbara. – Estou louca por você. Você é positivamente maravilhoso.

Ela puxou-o para as portas envidraçadas, e desta vez Hastings permitiu-se levar pela pressão do braço dela.

– Você é realmente uma pessoa fora do comum – disse Hastings. – Bem diferente de qualquer garota que já conheci.

– Fico deliciada em ouvir isto. É um ótimo sinal – disse Barbara, enquanto paravam, face a face, emoldurados pelas portas abertas.

– Bom sinal?

– Sim. Faz uma garota se sentir esperançosa.

Hastings enrubesceu, e Barbara riu alegremente enquanto o arrastava para o jardim.

16

Após Barbara ter saído com Hastings para o jardim, a biblioteca não permaneceu desocupada por muito tempo. A porta do corredor se abriu logo depois, e a Srta. Amory entrou, carregando uma pequena sacola de costura. Foi até o canapé, colocou a sacola sobre ele, ajoelhou-se e começou a apalpar seu encosto. Enquanto o fazia, o Dr. Carelli entrou pela outra porta, trazendo um chapéu e uma pequena maleta. Ao ver a Srta. Amory, Carelli parou e murmurou uma desculpa por tê-la incomodado.

A Srta. Amory levantou-se do canapé, parecendo um pouco atarantada.

— Eu estava procurando uma agulha de tricô — explicou ela sem necessidade, exibindo seu achado enquanto falava. — Caiu por trás do assento. — Em seguida, ao observar a maleta, perguntou: — Está nos deixando, Dr. Carelli?

Carelli colocou o chapéu e a maleta sobre uma cadeira.

— Achei que não deveria abusar da sua hospitalidade — anunciou.

Obviamente satisfeita, a Srta. Amory foi educada o bastante para murmurar:

— Bem, claro, se acha melhor assim... — Depois, relembrando a situação pela qual os ocupantes da casa passavam, ela acrescentou: — Mas creio que há algumas formalidades desagradáveis... — sua voz se extinguiu hesitantemente.

— Oh, já foi tudo resolvido — assegurou-lhe Carelli.

— Bem, se acha que deve ir...

— Vou sim, de fato.

— Então pedirei o carro — declarou a Srta. Amory rapidamente, indo até a sineta sobre a lareira.

— Não, não — insistiu Carelli. — Isso também já foi providenciado.

— Mas não pode ir carregando sua maleta. Francamente, esses criados! Estão todos desmoralizados, completamente desmoralizados! — Ela voltou ao canapé, sentou-se e tirou seu tricô da sacola. — Eles não se empenham mais, Dr. Carelli, não obedecem. Muito curioso, não é?

Parecendo impaciente, Carelli replicou:

— Muito curioso. — Olhou para o telefone.

A Srta. Amory começou a tricotar, mantendo um fluxo de conversação amena enquanto o fazia.

– Suponho que vai pegar o trem das 12h15. Não deve se apressar demais. Não que eu queira mexericar, claro. Sempre digo que mexericar...

– Sim, de fato – o Dr. Carelli interrompeu-a, peremptório –, mas creio que há tempo de sobra. Eu... poderia usar o telefone?

A Srta. Amory ergueu a vista momentaneamente.

– Ah, sim, é claro – disse, e continuou a tricotar. Parecia não ter-lhe ocorrido que o Dr. Carelli pudesse querer telefonar a sós.

– Obrigado – murmurou Carelli, indo até a mesa e fingindo procurar um número no catálogo. Relanceou impaciente para Caroline Amory. – Acho que sua sobrinha a estava procurando – disse.

A única reação da Srta. Amory a essa informação foi falar sobre a sobrinha enquanto continuava a tricotar, imperturbável.

– A querida Barbara! – exclamou. – Uma criatura tão doce! Sabe, ela leva uma vida um tanto triste aqui, conservadora demais para uma jovem. Bem, as coisas agora são diferentes, ouso dizer. – Ela se demorou com prazer nesse pensamento, antes de prosseguir: – Não que eu não tenha feito tudo que podia. Mas uma jovem precisa é de alegria. Nem toda Beeswax do mundo pode mudar isso.

O rosto do Dr. Carelli expressava incompreensão e irritação.

– Beeswax? – sentiu-se impelido a perguntar.

– Sim, Beeswax... ou é Beemax? Vitaminas, você sabe, ou pelo menos o que diz na lata. A, B, C e D, todas elas, exceto a única que protege de beribéri. E realmente acho que não há necessidade disso aqui na Inglaterra. Não é uma doença encontrada aqui. Parece que ocorre no beneficiamento do arroz em países nativos. Muito interessante. Convenci o Sr. Raynor a tomá-la... a Beeswax, quero dizer... todo dia depois do café da manhã. Ele estava ficando pálido, o pobre rapaz. Tentei fazer

Lucia tomar também, mas ela não quis. – A Srta. Amory balançou a cabeça em desaprovação. – E por falar nisso, quando eu era pequena, fui totalmente proibida de comer guloseimas por causa da Beeswax, quero dizer, Beewax. Os tempos mudam, como sabe. Os tempos fazem mudar.

Embora tentasse disfarçar, a essa altura o Dr. Carelli estava realmente furioso.

– Sim, sim, Srta. Amory – replicou o mais educadamente que pôde. Indo até ela, tentou uma abordagem mais discreta. – Acho que sua sobrinha a está chamando.

– Me chamando?

– Sim, não está ouvindo?

A Srta. Amory prestou atenção.

– Não... não – confessou. – Que curioso. – Ela juntou o tricô. – Deve ter ouvidos aguçados, Dr. Carelli. Não que eu escute mal. De fato, me disseram que...

Ela deixou cair seu novelo de lã. Carelli o pegou.

– Obrigada – disse ela. – Todos os Amory têm bons ouvidos, sabe. – Ela ergueu-se do canapé. – Meu pai conservou suas faculdades mentais da maneira mais admirável. Podia ler sem óculos até a idade de 80 anos.

Deixou cair de novo o novelo de lã, e mais uma vez Carelli abaixou-se para pegá-lo.

– Ah, muito obrigada – continuou a Srta. Amory. – Um homem admirável o meu pai, Dr. Carelli. Que homem notável. Ele sempre dormia numa cama de baldaquino forrada de penas; e as janelas de seu quarto nunca eram abertas. O ar da noite, costumava dizer, era muito prejudicial. Infelizmente, quando teve um ataque de gota, sua jovem enfermeira insistiu que a janela devia ficar totalmente aberta, e meu pai morreu disso.

Deixou cair o novelo mais uma vez. Dessa vez, após pegá-lo, Carelli o fixou firmemente na mão dela e conduziu-a até a porta. A Srta. Amory movia-se com lentidão, falando sem parar.

– Não ligo a mínima para todas essas enfermeiras de hospital, Dr. Carelli – disse ela. – Elas mexericam sobre seus pacientes, tomam chá demais e sempre deixam os criados constrangidos.

— É verdade, minha senhora, é verdade — concordou rapidamente Carelli, abrindo-lhe a porta.

— Muito obrigada mesmo — disse a Srta. Amory, enquanto ele quase a empurrava para fora. Fechando a porta atrás dela, Carelli foi correndo até a mesa e pegou o telefone. Após uma pausa, ele falou suave, mas apressadamente.

— Aqui é Market Cleve, um-cinco-três... não, cinco-três, isso... Hein? Vai me retornar depois?... Certo.

Ele repôs o fone no gancho e ficou ali parado, roendo as unhas com impaciência. Após um momento, foi até a porta do escritório, abriu-a e entrou. Mal o tinha feito, Edward Raynor entrou na biblioteca. Olhando em torno, Raynor aproximou-se casualmente da lareira. Tocou o jarro com os acendedores sobre a cornija e, enquanto o fazia, Carelli irrompeu na sala, vindo do escritório. Ao ouvir bater a porta do escritório, Raynor virou-se e o viu.

— Não sabia que estava aqui — disse o secretário.

— Estou aguardando um telefonema — explicou Carelli.

— Ah!

Depois de algum tempo, Carelli falou de novo:

— Quando chegou o inspetor da polícia?

— Por volta de uns 20 minutos, creio. Você o viu?

— Só de longe — replicou Carelli.

— Ele é da Scotland Yard — informou Raynor. — Parece que por acaso estava nas vizinhanças, investigando outro caso, por isso foi chamado pela polícia local.

— Isso é que foi sorte, hein? — observou Carelli.

— E não foi?

O telefone tocou e Raynor seguiu na direção dele. Antecipando-se rapidamente, Carelli disse:

— Acho que é a minha ligação. — Olhou para Raynor. — Você não se importaria...

— Claro que não, meu amigo — disse-lhe o secretário. — Vou deixá-lo à vontade.

Raynor saiu, e Carelli ergueu o fone do gancho, falando baixinho:

— Alô?... É Miguel? Sim?... Não, droga, não a consegui. Foi impossível... Não você não está entendendo. O velho morreu ontem à noite... já estou de partida... Japp está aqui... Japp. Você sabe, o homem da Scotland Yard... Não, ainda não deparei com ele... Assim espero também... no lugar de sempre, às 21h30... Certo.

Repondo o fone, Carelli foi até o recanto, pegou sua maleta, pôs o chapéu e dirigiu-se até as portas envidraçadas. Naquele momento, Hercule Poirot chegava do jardim e quase colidiu com Carelli.

— Oh, desculpe — disse o italiano.

— Não foi nada — replicou Poirot, educadamente, continuando a bloquear-lhe a passagem.

— Se me der licença para passar...

— É impossível — disse Poirot, com suavidade. — completamente impossível.

— Eu insisto.

— Não deveria — murmurou Poirot, com um sorriso amistoso.

De repente, Carelli investiu contra Poirot. O pequeno detetive se desviou rapidamente para o lado, desequilibrando Carelli com o inesperado movimento e ao mesmo tempo tomando-lhe a maleta. Nesse momento, Japp entrou por trás de Poirot, e Carelli foi apoiado pelo inspetor.

— Olá, o que está havendo? — exclamou o inspetor Japp. — Ora, Deus me ajude se este não é Tonio!

— Ah — Poirot deu uma breve risada enquanto se afastava de ambos.

— Eu achava, meu caro Japp, que provavelmente seria capaz de dar um nome a este cavalheiro.

— Oh, conheço muito sobre *ele* — afirmou Japp. — Tonio é uma figura bastante pública, não é, Tonio? Aposto que foi surpreendido pelo movimento de Monsieur Poirot há pouco. Como é que você chama, Poirot? *Jiu-jitsu* ou algo parecido, não é? Pobre Tonio!

Enquanto Poirot colocava a maleta do italiano sobre a mesa e a abria, Carelli resmungou para o inspetor Japp:

— Você não tem nada contra mim. Não pode me prender.

— Veremos — disse o inspetor. — Aposto que não teremos de ir muito longe para achar o homem que roubou a fórmula e matou o velho cavalheiro. — Voltando-se para Poirot, ele acrescentou: — Aquela fórmula é pura armação no estilo de Tonio, e como o pegamos tentando uma fuga, eu não me surpreenderei se estiver com a mercadoria neste exato minuto.

— Concordo com você — declarou Poirot.

Japp revistou Carelli, enquanto Poirot vasculhava a maleta.

— Então? — perguntou Japp a Poirot.

— Nada aqui — replicou o detetive, fechando a maleta. Nada. Estou desapontado.

— Vocês se acham muito espertos, não? — rosnou Carelli. — Mas eu poderia lhes dizer...

Poirot o interrompeu, falando calma e significativamente.

— Você poderia, talvez, mas seria muito insensato.

Atônito, Carelli exclamou:

— O que quer dizer?

— Monsieur Poirot tem toda razão — declarou Japp. — É melhor manter a boca fechada. — Indo até a porta do corredor, ele a abriu e chamou Johnson. O jovem policial pôs a cabeça no vão da porta. — Reúna toda a família para mim, sim? — pediu. — Quero todos aqui.

— Sim, senhor — disse Johnson, enquanto se retirava.

— Protesto! Eu... — arquejou Carelli. De repente, agarrou sua maleta e disparou rumo às portas envidraçadas. Japp correu atrás dele, agarrou-o e arremessou-o sobre o canapé, enquanto lhe tomava a maleta.

— Ninguém o machucou ainda, portanto não grite — rosnou Japp para o agora acovardado italiano.

Poirot seguiu até as portas.

— Por favor, não se vá agora, Monsieur Poirot — pediu Japp atrás dele, pondo a maleta de Carelli sobre a mesa. — Isto vai ser muito interessante.

— Não, não, meu caro Japp, não estou indo — assegurou-lhe Poirot. — Estarei exatamente aqui. Esta família reunida, como diz, será de fato muito interessante.

17

Poucos minutos depois, quando a família Amory começou a se reunir na biblioteca, Carelli estava ainda sentado no canapé, parecendo um tanto soturno, enquanto Poirot continuava de guarda junto às portas envidraçadas. Barbara foi dividir o canapé com Carelli, enquanto Hastings posicionava-se ao lado de Poirot. Poirot murmurou para seu colega:

— Seria útil, Hastings, se tomasse nota... uma nota mental, você entende... do lugar que todos escolheram para sentar.

— Útil? Como? — perguntou Hastings.

— Psicologicamente, meu amigo — foi a única resposta de Poirot.

Quando Lucia entrou na sala, Hastings observou-a sentar-se na cadeira à direita da mesa. Richard chegou com sua tia, a Srta. Amory, que foi ocupar o escabelo, enquanto o sobrinho dirigia-se para trás da mesa, a fim de ficar de olho protetoramente na sua mulher. Edward Raynor foi o último a chegar, posicionando-se atrás da poltrona. Foi seguido até a sala pelo policial Johnson, que fechou a porta e ficou de pé junto a ela.

Richard Amory apresentou os membros da família que o inspetor Japp ainda não conhecia.

– Minha tia, a Srta. Amory – anunciou ele –, e minha prima, Srta. Barbara Amory.

Em seguida, Barbara perguntou:

– Por que toda essa agitação, inspetor?

Japp ignorou a pergunta.

– Bem, acho que estão todos aqui, não? – assinalou, indo até a lareira.

A Srta. Amory pareceu desnorteada e um pouco apreensiva.

– Não entendo inteiramente – disse ela para Richard. – O que este... cavalheiro está fazendo aqui?

– Acho que talvez devesse dizer-lhes uma coisa – respondeu-lhe Richard. – Como vê, tia Caroline... e todos vocês – acrescentou, olhando ao redor da sala –, o Dr. Graham descobriu que meu pai foi... envenenado.

– O quê?! – exclamou Raynor com veemência.

A Srta. Amory soltou um grito de horror.

– Ele foi envenenado com hioscina – continuou Richard.

Raynor teve um sobressalto.

– Com hioscina? Por quê? Eu vi... – ele parou petrificado, olhando para Lucia.

Dando um passo na direção dele, o inspetor Japp perguntou:

– O que viu, Sr. Raynor?

O secretário pareceu atordoado.

– Nada... pelo menos... – recomeçou, incerto. Sua voz extinguiu-se no silêncio.

– Desculpe, Sr. Raynor – insistiu Japp –, mas preciso da verdade. Vamos, qualquer um percebe que está ocultando algo.

– Não é nada, realmente – disse o secretário. – Quero dizer, existe obviamente uma explicação bastante razoável.

– Explicação para quê, Sr. Raynor? – perguntou Japp.

Raynor ainda hesitava.

– Bem? – estimulou-o Japp.

– Foi só que... – Raynor fez outra pausa e depois obrigou sua mente a continuar. – Foi só que vi a Sra. Amory enchendo a mão com algumas daquelas pastilhinhas.

– Quando foi isso? – quis saber Japp.

– Ontem à noite. Eu estava saindo do escritório de Sir Claud. Os outros estavam ocupados com o gramofone. Estavam todos reunidos em volta dele. Notei que ela pegou um tubo de pastilhas... achei que fosse a hioscina... e despejou a maioria delas na palma de sua mão. Depois, Sir Claud me chamou de volta ao escritório para alguma coisa.

– Por que não mencionou isto antes? – perguntou Japp.

Lucia começou a falar, mas o inspetor a silenciou.

– Um minuto, por favor, Sra. Amory – insistiu ele. – Eu gostaria de ouvir o Sr. Raynor primeiro.

– Não voltei mais a pensar no assunto – disse-lhe Raynor. – Só quando o Sr. Amory disse agora que Sir Claud tinha sido envenenado com hioscina foi que me lembrei. Claro, percebo que tudo está perfeitamente bem. Foi só a coincidência que me sobressaltou. As pastilhas podiam afinal nem ser hioscina. Poderiam ser de um dos outros tubos que ela estava manipulando.

Japp voltou-se então para Lucia.

– Bem, senhora – perguntou. – O que tem a dizer sobre isso?

Lucia parecia inteiramente controlada quando respondeu:

– Eu queria algo que me fizesse dormir.

Dirigindo-se de novo a Raynor, Japp perguntou:

– Você tem certeza de que ela esvaziou o tubo?

– Assim me pareceu – disse Raynor.

Japp virou-se de novo para Lucia.

– Não precisaria de tantas pastilhas para dormir. Uma ou duas seriam suficientes. O que fez com o resto? – Lucia pensou por um momento, antes de replicar:

– Não consigo lembrar. – Ela já ia continuar, quando Carelli se levantou e falou, maliciosamente:

– Está vendo, inspetor? Eis seus assassinos.

Barbara ergueu-se rapidamente do canapé e afastou-se de Carelli, enquanto Hastings ia às pressas para o seu lado. O italiano continuou:

— Terá a verdade, inspetor. Vim até aqui especialmente para ver essa mulher. Ela mandou me chamar. Disse que conseguiria a fórmula de Sir Claud, que propôs vender para mim. Não negarei que já fiz negócios desse gênero no passado.

— Não é preciso admitir nada – disse-lhe Japp, movendo-se entre Carelli e Lucia. – De você já sabemos bastante. – Virou-se para Lucia. – O que tem a dizer sobre tudo isto, senhora?

Lucia ergueu-se, o rosto pálido. Richard foi até ela.

— Não vou permitir... – começou, quando foi interrompido por Japp:

— Por favor, senhor.

Carelli falou de novo:

— Apenas olhem para essa mulher! Nenhum de vocês sabe quem ela é. Mas eu sei. Ela é a filha de Selma Goetz. A filha de uma das mulheres mais indignas que o mundo já conheceu.

— Não é verdade, Richard – gritou Lucia. – Não é verdade! Não lhe dê ouvidos...

— Quebrarei cada osso do seu corpo! – gritou Richard para Carelli.

Japp deu um passo em direção a Richard.

— Mantenha a calma, senhor, mantenha a calma, por favor – advertiu. – Vamos chegar ao fundo da questão. – Japp voltou-se para Lucia: – Bem, e então, Sra. Amory?

Houve um pausa. Lucia tentou falar:

— Eu... eu... – começou. Olhou para o marido e depois para Poirot, estendendo sua mão em desamparo para o detetive.

— Tenha coragem, *madame* – aconselhou Poirot. – Confie em mim. Conte a eles. Diga-lhes a verdade. Chegamos ao ponto em que as mentiras não servem mais. A verdade virá à tona.

Lucia olhou suplicante para Poirot, mas ele meramente repetiu:

— Coragem, senhora. *Si. si.* Seja valente e fale. – Ele voltou para seu posto junto às portas envidraçadas.

Após uma longa pausa, Lucia começou a falar, com voz baixa e tensa:

– É verdade que sou filha de Selma Goetz. *Não* é verdade que chamei este homem aqui, ou que ofereci vender-lhe a fórmula de Sir Claud. Ele veio aqui para me chantagear!

– Chantagem! – arfou Richard, seguindo até ela.

Lucia virou-se para Richard. Havia uma urgência em seu tom quando falou:

– Ele ameaçou contar-lhe sobre minha mãe, a menos que eu lhe passasse a fórmula, mas eu não o fiz. Acho que ele deve tê-la roubado. Chance para isso ele teve. Esteve sozinho lá... no escritório. E agora vejo que ele queria que eu tomasse a hioscina e me matasse, de modo que todos pensassem que fui eu que roubei a fórmula. Ele quase me hipnotizou... – Ela fraquejou e soluçou no ombro de Richard.

Com um grito de "Lucia, minha querida!", Richard a abraçou. Depois, passando sua esposa para Caroline Amory, que se levantara e agora abraçava e consolava a jovem aflita, Richard dirigiu-se a Japp:

– Inspetor, quero falar-lhe a sós.

Japp olhou para Richard Amory por um momento, e depois deu um breve aceno para Johnson.

– Muito bem – concordou, enquanto Johnson abria a porta para a Srta. Amory e Lucia.

Barbara e Hastings aproveitaram a oportunidade e voltaram para o jardim, enquanto Edward Raynor, ao sair, murmurou para Richard:

– Sinto muito, Sr. Amory, sinto muito.

Enquanto Carelli pegava sua maleta e seguia Raynor para fora, Japp instruiu seu policial:

– Fique de olho na Sra. Amory... e também no Dr. Carelli. – O falso médico voltou-se para a porta e Japp continuou, falando para Johnson: – Nada de cair na lábia de ninguém, entendeu?

– Entendi, senhor – respondeu o policial, seguindo Carelli para fora da biblioteca.

– Lamento, Sr. Amory – disse Japp a Richard Amory –, mas depois do que o Sr. Raynor nos contou, sou forçado a tomar a máxima precaução. E quero que o Monsieur Poirot permaneça aqui, como testemunha do que vai me revelar.

Richard aproximou-se de Japp com o ar de um homem que chegou a uma solene decisão. Inspirando fundo, ele falou com determinação:

– Inspetor!
– Bem, senhor, o que é?

Muito lenta e deliberadamente, Richard replicou:
– Acho que é hora de confessar. Eu matei meu pai.

Japp sorriu.
– Receio que isto não vale, senhor.

Richard pareceu espantado.
– O que quer dizer?

– Não, senhor – continuou Japp. – Ou, falando mais claro: essa aí não pega. Está muito aflito com sua boa esposa, percebo. Recém-casados e tudo mais. Mas, falando francamente, não faz sentido colocar o pescoço na forca por causa de uma mulher má. Embora ela seja interessante, devo admitir.

– Inspetor Japp! – exclamou Richard, furioso.

– Não há como bancar o transtornado comigo, senhor – continuou Japp, imperturbável. – Eu lhe contei a pura verdade sem esconder nada, e não há dúvida de que o Monsieur Poirot aqui lhe dirá o mesmo. Desculpe, senhor, mas dever é dever, e assassinato é assassinato. Toda a questão se resume a isto. – Japp balançou a cabeça e deixou o recinto.

Virando-se para Poirot, que estivera observando a cena do canapé, Richard perguntou friamente:

– Bem, você vai me dizer o mesmo, Monsieur Poirot?

Levantando-se, Poirot tirou uma cigarreira do bolso e pegou um cigarro. Em vez de responder à pergunta de Richard, ele fez a sua:

– *Monsieur* Amory, quando suspeitou de sua esposa pela primeira vez?

– Eu nunca... – começou Richard, mas Poirot o interrompeu, pegando uma caixa de fósforos da mesa enquanto falava.

– Por favor, eu lhe peço, *monsieur* Amory, nada senão a verdade! Sei que suspeita dela. Já suspeitava antes que eu chegasse. Eis por que estava tão ansioso em me tirar desta casa. Não negue. É impossível enganar Hercule Poirot. – Ele acendeu seu cigarro, recolocou a caixa de fósforos na mesa e sorriu para o homem muito mais alto, que se sobrepunha a ele. Formavam um contraste ridículo.

– Está enganado – disse Richard a Poirot, tenso. – Inteiramente enganado. Como eu poderia suspeitar de Lucia?

– E mesmo assim, claro, existe uma acusação igualmente boa a ser feita contra você – continuou Poirot, de forma ponderada, voltando a sentar-se. – Você manipulou as drogas, pegou no café, anda curto de dinheiro e desesperado atrás de algum. Ah, sim, qualquer um seria perdoado por suspeitar de você.

– O inspetor Japp não parece ter a mesma opinião – observou Richard.

– Ah, o Japp! Ele tem bom senso – sorriu Poirot. – Ele não é uma mulher apaixonada.

– Mulher apaixonada? – estranhou Richard.

– Deixe-me dar-lhe uma aula de psicologia, senhor – disse Poirot. – Logo que cheguei, sua esposa me procurou e pediu para que eu ficasse aqui e descobrisse o assassino. Uma mulher culpada teria feito isso?

– Quer dizer...

– Quero dizer – interrompeu-o Poirot – que antes de o sol se pôr esta noite, você estará de joelhos pedindo perdão a ela.

– O que está falando?

– Estou falando demais, talvez – admitiu Poirot, levantando-se. – Agora, senhor, coloque-se em minhas mãos. Nas mãos de Hercule Poirot.

— Pode salvá-la? — perguntou Richard com desespero na voz. Poirot fitou-o, solenemente.

— Empenhei minha palavra... embora, ao fazê-lo, não tenha percebido o quanto seria difícil cumpri-la. Como vê, o tempo é muito curto, algo precisa ser feito rapidamente. Tem que me prometer que fará exatamente o que eu disser, sem fazer perguntas nem criar dificuldades. Pode me prometer isso?

— Tudo bem — replicou Richard um tanto a contragosto.

— Ótimo. E agora, preste a atenção. O que vou sugerir não é difícil nem impossível. De fato, é puro bom senso. Esta casa em breve será tomada pela polícia. Eles vão se espalhar por aqui. Farão investigações em cada canto. Poderá ser muito desagradável para toda a família. Sugiro que saiam.

— Deixar a casa para a polícia? — perguntou Richard, incrédulo.

— Essa é minha sugestão — repetiu Poirot. — É claro que vocês terão de permanecer nas vizinhanças. Mas o hotel local é razoavelmente confortável. Reserve quartos lá. Assim, estarão por perto quando a polícia quiser interrogá-los.

— Mas quando sugere que isto seja feito?

Poirot sorriu exultante.

— Minha ideia é... imediatamente.

— Não parecerá muito estranho?

— Nem tanto, nem tanto — assegurou o pequeno detetive, sorrindo de novo. — Parecerá uma mudança de suma... como direi?... de suma sensibilidade. A atmosfera aqui é maligna para vocês... não aguentam ficar mais uma hora. Asseguro-lhe, essa desculpa soará perfeita.

— Mas e quanto ao inspetor?

— Eu mesmo combinarei tudo com o inspetor Japp.

— Ainda não vejo que bem pode resultar daí — insistiu Richard.

— Não, claro que não vê. — Poirot soou mais do que um pouco presunçoso. Deu de ombros. — Não é necessário que veja. Mas eu vejo. Eu, Hercule Poirot, e isso basta. – Ele segurou Richard pelos ombros. – Vá e faça os preparativos. Ou, se não tem cabeça para isso, deixe que Raynor o faça por você. Vá! Vá! – Ele quase empurrou Richard porta afora.

Com um olhar final de ansiedade para Poirot, Richard deixou a sala.

– Ah, esses ingleses! Como são obstinados – resmungou Poirot. Ele foi até as portas envidraçadas e chamou: – *Mademoiselle* Barbara!

18

Em reposta ao chamado de Poirot, Barbara Amory surgiu do outro lado, vindo dos jardins.

– O que é? Aconteceu algo? – perguntou ela.

Poirot deu-lhe o seu sorriso mais resplandecente.

– Ah, *mademoiselle* – disse. – Poderia liberar meu colega por apenas um ou dois minutos?

A resposta de Barbara foi acompanhada por um olhar brincalhão.

– Ora! Está querendo roubar meu bombonzinho?

– Só por um instante, *mademoiselle*, prometo-lhe.

– Tudo bem, Monsieur Poirot. – Virando-se para o jardim, Barbara chamou: – Meu doce, você está sendo requisitado.

– Obrigado. – Poirot sorriu de novo, com uma reverência educada.

Barbara retornou ao jardim e, poucos minutos depois, Hastings entrou na biblioteca, um tanto envergonhado.

– E o que você tem a dizer em seu favor? – perguntou Poirot, em tom de irritação fingida.

Hastings tentou um sorriso de desculpas.

– Não me venha com esse sorriso sonso – censurou-o Poirot. – Eu deixo você aqui, de vigia, e a primeira coisa que faz é sair para flanar com aquela adorável jovem no jardim. Você costuma ser o mais confiável dos homens, *mon cher*, mas tão logo uma mulher bonita aparece em cena, seu bom senso sai voando pela janela. *Zut alors!*

O sorriso acanhado de Hastings se desfez, sendo substituído por um rubor de constrangimento.

– Lamento muito, Poirot – exclamou ele. – Eu só fui lá fora por um segundo e aí vi você entrando de volta na biblioteca. Achei que não seria mais preciso ficar de vigia.

– Você quer dizer que achou melhor não voltar para me encarar – replicou Poirot. – Bem, meu caro Hastings, você pode ter causado o dano mais irreparável. Encontrei Carelli aqui. Só Deus sabe o que estava fazendo, ou que prova estava adulterando.

– Repito, Poirot, lamento profundamente – Hastings voltou a se desculpar. – Estou desolado.

– Se não tiver causado o dano irreparável, deve-se mais à boa sorte do que a qualquer outro motivo. Mas agora, *mon ami*, chegou o momento em que temos de usar nossa massa cinzenta. – Simulando acertar Hastings no rosto, Poirot de fato deu um tapinha afetivo no colega.

– Ah, bom! Vamos ao trabalho! – exclamou Hastings.

– Não, isso não é nada bom, meu amigo – disse-lhe Poirot. – É mau. É obscuro. – Seu rosto adquiriu um ar perturbado enquanto continuava: – É sombrio, tão sombrio como foi ontem à noite. – Ele pensou por um momento e depois acrescentou: – Mas... sim... creio que talvez haja uma ideia. O germe de uma ideia. Sim, começaremos lá!

Parecendo completamente aturdido, Hastings perguntou:

– Do que diabo está falando?

O tom de voz de Poirot mudou. Ele falou, grave e pensativamente.

— Por que Sir Claud morreu, Hastings? Responda-me. Por que Sir Claud morreu?

Hastings olhou para ele.

— Mas nós já sabemos — exclamou.

— Sabemos? Está tão certo disso?

— Ahn... sim — respondeu Hastings, um tanto incerto. — Ele morreu... Morreu porque foi envenenado.

Poirot fez um gesto de impaciência.

— Sim, mas *por que* foi envenenado?

Hastings pensou cuidadosamente antes de responder:

— Certamente deve ter sido porque o ladrão suspeitou... que tinha sido descoberto... — Ele se interrompeu de novo enquanto observava Poirot, que continuava balançando a cabeça.

— Suponha, Hastings... — murmurou Poirot — apenas suponha que o ladrão não tenha suspeitado...

— Não estou entendendo — confessou Hastings.

Poirot se afastou e depois se voltou com o braço erguido num gesto que parecia ter a intenção de captar a atenção do amigo. Ele fez uma pausa e pigarreou.

— Deixe-me contar-lhe, Hastings — declarou —, como se deu a sequência dos acontecimentos, ou como eu acho que foi.

Hastings sentou-se na cadeira, enquanto Poirot continuava:

— Sir Claud morre em sua poltrona uma noite. Não há circunstâncias suspeitas envolvendo essa morte. Tudo indica ter sido um ataque cardíaco. Ocorre alguns dias antes de seus documentos pessoais serem examinados. Seu testamento é o único documento a ser procurado. Depois do funeral, descobre-se que suas anotações sobre o novo explosivo estão incompletas. Pode-se nunca saber que a fórmula exata existia. Percebe o que ganha nosso ladrão, Hastings?

— Sim.

— O que é?

Hastings hesitou.

— O quê? — repetiu.

— Segurança. Isso é o que ganha o ladrão. Ele pode dispor de seu butim seguramente, do jeito que bem entender. Não há pressão sobre ele. Mesmo se a existência da fórmula for conhecida, ele terá tido tempo suficiente de apagar seus rastros.

— Bem, é uma ideia... sim, acho que é — comentou Hastings em tom duvidoso.

— Mas claro que é uma ideia! — gritou Poirot. — Eu não sou Hercule Poirot? Mas veja agora até onde essa ideia nos leva. Ela nos diz que o assassinato de Sir Claud não foi uma manobra aleatória executada de modo irrefletido. Foi planejada com antecedência. De antemão. Percebe agora em que pé estamos?

— Não — admitiu Hastings com uma candura cativante. — Sabe muito bem que nunca percebo essas coisas. Sei que estamos na biblioteca da casa de Sir Claud e isso é tudo.

— Sim, meu amigo, você está certo — disse-lhe Poirot. — Estamos na biblioteca da casa de Sir Claud Amory. Não é manhã, mas noite. As luzes acabam de ser apagadas. O plano do ladrão está dando errado.

Poirot sentava-se muito ereto, agitando enfaticamente o indicador para enfatizar seus pontos de vista.

— Sir Claud, que, no curso normal das coisas, só abriria aquele cofre no dia seguinte, descobriu o furto por mero acaso. E, como o próprio velho cavalheiro disse, o ladrão foi apanhado como um rato na ratoeira. Sim, mas o ladrão, que é também o assassino, sabe também de algo que Sir Claud ignorava. O ladrão sabia que dentro de bem poucos minutos Sir Claud seria silenciado para sempre. Ele... ou ela... tinha um problema ainda a ser resolvido, e apenas um: esconder o documento em lugar seguro durante aquele minuto de escuridão. Feche os olhos, Hastings, assim como fecho os meus. As luzes se apagam e não podemos ver nada. Mas podemos ouvir. Repita comigo, Hastings, o mais acuradamente que puder, as palavras da Srta. Amory quando descreveu a cena para nós.

Hastings fechou os olhos. Depois começou a falar, lentamente, com um esforço de memória e várias pausas.

– Arquejos – disse ele.

Poirot assentiu.

– Um monte de pequenos arquejos – continuou Hastings, e Poirot tornou a assentir.

Hastings concentrou-se por um tempo, depois continuou:

– O estrondo de uma cadeira caindo... um retinir metálico... que deve ter sido a chave, imagino.

– Exatamente – disse Poirot. – A chave. Continue.

– Um grito. Foi o grito de Lucia. Ela chamou Sir Claud. Então a batida na porta... Ah! Espere aí... logo no início houve o som de seda rasgando. – Hastings reabriu os olhos.

– Sim, seda rasgando – exclamou Poirot. Ele se levantou, foi até a mesa e depois até a lareira. – Está tudo lá, Hastings, naqueles poucos instantes de escuridão. Tudo lá. E ainda assim nossos ouvidos não nos dizem... nada. – Ele parou junto à cornija da lareira e maquinalmente arrumou o jarro com os acendedores.

– Ora, pare de ficar arrumando essas malditas coisas, Poirot – queixou-se Hastings. – Só vive fazendo isso.

Com a atenção desviada, Poirot retirou a mão do jarro.

– O que diz? Ah, sim, é verdade. – Ele olhou para o jarro fixamente. – Lembro de tê-lo arrumado não faz uma hora. E agora... preciso arrumá-lo de novo. – Ele falou excitadamente. – Por que Hastings... por que isso?

– Porque esses jarros são tortos, suponho – respondeu Hastings em tom entediado. – É só a sua mania de arrumação.

– Seda rasgando! – exclamou Poirot. – Não, Hastings! O som é o mesmo. – Olhou fixamente para os acendedores de papel e se apossou do jarro que os continha. – Papel rasgando... – continuou, afastando-se da cornija.

Sua excitação contagiou o amigo.

– O que é? – perguntou Hastings, levantando-se e indo até ele.

Poirot ali parado, despejando os acendedores no canapé e examinando-os. Vez por outra entregava um a Hastings, murmurando:

– Aqui vai um. Ah, outro, e mais outro.

Hastings desembrulhou os acendedores e examinou-os.

– C19 N23 – começou a ler no papel de um deles.

– Sim, é isso! – exclamou Poirot. – É a fórmula!

– Puxa, isto é maravilhoso!

– Rápido! Enrole-os novamente! – ordenou Poirot, e Hastings começou a fazê-lo. – Ora, você está muito lento – advertiu-o Poirot. – Rápido! Rápido! – Pegando os acendedores de Hastings, ele os ajeitou no jarro e apressou-se a repô-lo na cornija da lareira.

Hastings juntou-se a ele, parecendo confuso.

Poirot exultava.

– Está intrigado pelo que estou fazendo aqui, não? Diga-me, Hastings, o que tenho aqui neste jarro?

– Os acendedores, é claro – replicou Hastings em tom de tremenda ironia.

– Não, *mon ami*, é queijo.

– *Queijo?*

– Exatamente, queijo.

– Você está bem, não está, Poirot? – indagou Hastings com sarcasmo. – Quero dizer, não está com enxaqueca ou coisa parecida?

A resposta de Poirot ignorou a frívola pergunta do amigo.

– Para que se usa queijo, Hastings? Eu lhe direi, *mon ami*. A gente o usa como isca na ratoeira. Agora só esperamos por uma coisa... o rato.

– E o rato...

– O rato virá, meu amigo – garantiu-lhe Poirot. – Pode estar certo disso. Deixei uma mensagem para ele. E ele não deixará de responder.

Antes que Hastings tivesse tempo de reagir à misteriosa revelação de Poirot, a porta se abriu, e Edward Raynor entrou na sala.

– Ah, está aqui, Monsieur Poirot – Observou o secretário. – E também o capitão Hastings. O inspetor Japp gostaria de falar com os dois lá em cima.

19

– Iremos imediatamente – respondeu Poirot. Seguido por Hastings, o detetive dirigiu-se à porta, enquanto Raynor entrava na biblioteca e ia até a lareira. Na porta, Poirot girou subitamente para dirigir-se ao secretário:

– A propósito, Sr. Raynor – perguntou o detetive, enquanto voltava para o centro da sala –, por acaso sabe se o Dr. Carelli esteve aqui na biblioteca esta manhã?

– Sim, esteve – disse Raynor. – Eu o encontrei aqui.

– Ah! – Poirot pareceu satisfeito. – E o que estava fazendo?

– Telefonando, creio.

– Estava telefonando quando você entrou?

– Não, ele estava acabando de voltar à sala. Tinha estado no escritório de Sir Claud.

Poirot pensou nisso por um momento, depois perguntou a Raynor:

– Onde exatamente estava você então? Pode se lembrar?

Ainda de pé junto à lareira, Raynor replicou:

– Ora, em algum lugar por aí, acho.

– Ouviu parte da conversa do Dr. Carelli ao telefone?

– Não – disse o secretário. – Ele deixou perfeitamente claro que queria ficar sozinho.

— Entendo. — Poirot hesitou, depois retirou um bloco e um lápis do bolso. Escrevendo umas poucas palavras numa folha de bloco, ele a destacou.

— Hastings! — chamou. Hastings, que estivera parado à porta, veio até ele. Poirot entregou ao amigo a folha dobrada. — Faria a gentileza de levar isso lá em cima para o inspetor Japp?

Raynor observou Hastings deixar a sala para cumprir o mandado. Depois, perguntou:

— Por que tanto mistério?

Devolvendo o bloco e o lápis ao bolso, Poirot replicou:

— Foi para avisar Japp de que estarei com ele em poucos minutos, e que talvez possa levar-lhe o nome do assassino.

— É mesmo? Sabe quem é ele? — perguntou Raynor, excitado.

Fez-se uma pausa. Hercule Poirot parecia atrair o secretário sob o encantamento de sua personalidade. Raynor observou o detetive, fascinado, enquanto este começava lentamente a falar:

— Sim, acho que sei quem é o assassino... por fim — revelou Poirot. — Estou me lembrando de outro caso, de não muito tempo atrás. Nunca esquecerei o assassinato de lorde Edgware. Quase fui derrotado... sim, eu, Hercule Poirot!... pela dissimulação extremamente simples de um cérebro vazio. Como vê, senhor Raynor, até a mente medíocre tem às vezes a genialidade de cometer um crime sem complicação e depois escapar ileso. Esperemos que o assassino de Sir Claud, por outro lado, seja inteligente, superior e esteja completamente satisfeito consigo mesmo e incapaz de resistir... como se diz?... a dourar a pílula. — Os olhos de Poirot reluziram de vívida animação.

— Tenho certeza de que o entendo — disse Raynor. — Quer dizer que *não é* a Sra. Amory?

— Não, não é a Sra. Amory — replicou Poirot. — Por isso escrevi meu bilhete. Aquela pobre dama já sofreu o suficiente. Deve ser poupada de qualquer outro interrogatório.

Raynor pareceu pensativo, depois falou:

— Então aposto que é Carelli, não é?

Poirot agitou um dedo para ele com ironia.

– Senhor Raynor, permita que eu guarde meus segredinhos até o último momento. – Tirando um lenço, ele enxugou a testa. – *Mon Dieu*, como está quente hoje! – Queixou-se.

– Gostaria de beber algo? – perguntou Raynor. – Estou até esquecendo minhas boas maneiras. Devia ter oferecido antes.

Poirot sorriu exultante.

– É muito amável. Eu aceitarei um uísque, se for possível, por favor.

– É claro. Só um momento. – Raynor deixou a sala, enquanto Poirot ia até as portas envidraçadas e olhava para os jardins por um momento. A seguir, indo até o canapé, ele sacudiu as almofadas, antes de seguir até a cornija da lareira para examinar os ornamentos. Logo depois, Raynor regressou, trazendo dois uísques com soda numa bandeja. Ele viu quando Poirot ergueu a mão para um ornamento sobre a cornija.

– É uma antiguidade valiosa, imagino – assinalou Poirot, pegando um jarro.

– É? – foi o comentário desinteressado de Raynor. – Não conheço muito sobre este assunto. Venha tomar um drinque – sugeriu, enquanto pousava a bandeja na mesinha de centro.

– Obrigado – murmurou Poirot, juntando-se a ele.

– Bem, à sua boa sorte – disse Raynor, pegando um copo e bebendo.

Com um cumprimento, Poirot levou o outro copo aos lábios.

– À sua saúde, meu amigo. E agora deixe que eu lhe conte sobre minhas suspeitas. Percebi de início que...

Ele se interrompeu de súbito, balançando a cabeça sobre o ombro como se algum som tivesse sido captado por seu ouvido. Olhando primeiro para a porta e a seguir para Raynor, ele levou o dedo aos lábios, indicando que achava que alguém poderia estar bisbilhotando.

Raynor assentiu, entendendo. Os dois seguiram sorrateiramente até a porta, e Poirot gesticulou para que o secretário permanecesse na sala. Poirot abriu a porta de supetão e arremeteu para o lado de fora, mas voltou de imediato, parecendo extremamente desapontado.

– É surpreendente – admitiu ele para Raynor. – Eu poderia ter jurado que ouvi algum ruído. Ah, bem, cometi um erro. Não acontece com muita frequência. *À votre santé*, meu amigo. – Ele esvaziou seu copo.

– Ah! – exclamou Raynor, bebendo também.

– O que disse? – perguntou Poirot.

– Nada. Um desabafo mental, só isso.

Poirot foi até a mesa e colocou seu copo.

– Sabe, Sr. Raynor – confidenciou –, para ser absolutamente honesto, nunca aceitei muito a bebida nacional de vocês, o uísque. O gosto não me agrada. É amargo. – Ele foi até a poltrona e sentou-se.

– É mesmo? Desculpe. O meu não está nada amargo. – Raynor colocou seu copo sobre a mesinha de centro e continuou: – Acho que estava a ponto de me contar alguma coisa, não?

Poirot demonstrou surpresa.

– Estava? O que pode ter sido? Será que já esqueci? Acho que queria explicar-lhe como eu realizo uma investigação. *Voyons*! Um fato leva a outro; portanto, continuemos. Onde foi que paramos? *À merveille*! Ótimo! Podemos prosseguir. Esse pequeno fato novo... não! Ah, isto é curioso! Está faltando alguma coisa... um elo na corrente que não está lá. Nós examinamos. Procuramos. E esse pequeno e curioso fato, o detalhezinho talvez insignificante, nós colocamos aqui! – Poirot fez um gesto extravagante com a mão. – Isto é significativo! É tremendo!

– Si-sim, percebo – murmurou Raynor sem convicção.

Poirot agitou o indicador tão ameaçadoramente na direção de Raynor que o secretário quase se intimidou.

– Ah, cuidado! Perigo para o detetive, que diz: "É tão pequeno... que não faz diferença. Não servirá. Vou esquecer isso." É aí que jaz a confusão. Tudo faz diferença. – Poirot parou de súbito e bateu na cabeça. – Ah! Agora me lembro do que eu ia falar a você. Era sobre um desses detalhezinhos de menor importância. Poeira. Era sobre isso que eu queria lhe falar, Sr. Raynor.

Raynor sorriu educadamente.

– Poeira?

– Exatamente. Poeira – repetiu Poirot. – Meu amigo Hastings recordou-me há pouco que sou um detetive e não uma faxineira. Ele se achou muito esperto por fazer tal observação, mas não estou tão certo. A faxineira e o detetive, afinal, têm algo em comum. A faxineira: o que faz ela? Ela explora os cantos escuros com sua vassoura. Traz à luz do dia todas as coisas ocultas que rolaram convenientemente para fora de vista. O detetive não faz o mesmo?

Raynor parecia entediado, mas murmurou:

– Muito interessante, Monsieur Poirot. – Ele foi até a cadeira junto à mesa e sentou-se, antes de perguntar: – Mas... isto é tudo que estava querendo dizer?

– Não, não inteiramente – replicou Poirot. Ele inclinou-se à frente. – Você não jogou poeira nos meus olhos, *monsieur* Raynor, porque não havia poeira. Entende?

O secretário olhou intencionalmente para ele.

– Não, receio que não.

– Não havia poeira naquela caixa de drogas. *Mademoiselle* Barbara comentou o fato. Mas deveria ter poeira. O topo da estante onde ela fica – e Poirot apontou enquanto falava – está repleto de poeira. Foi então que eu percebi...

– Percebeu o quê?

– Eu percebi – continuou Poirot – que alguém havia retirado aquela caixa recentemente. Que a pessoa que envenenou Sir Claud Amory não precisaria se aproximar da caixa na última noite, uma vez que já se abastecera com antecedência de todo veneno de que necessitaria, escolhendo uma hora em que sabia que não seria perturbado. Você não se aproximou da caixa na última noite porque já se abastecera da hioscina necessária. Mas manipulou o café, *monsieur* Raynor.

Raynor sorriu pacientemente.

– Pobre de mim! Está me acusando da morte de Sir Claud?

– Nega isso?

Raynor fez uma pausa antes de responder. Quando voltou a falar, um tom mais áspero se apossara de sua voz:

– Ah, não – declarou –, não nego. Por que deveria? Estou realmente até orgulhoso de tudo. Deveria ter acontecido sem empecilhos. Foi muita falta de sorte Sir Claud ter aberto o cofre novamente ontem à noite. Ele nunca fez isso antes.

Poirot soou meio entorpecido ao perguntar:

– Por que está me contando tudo isso?

– Por que não? O senhor é tão simpático, é um prazer conversar com o senhor. – Raynor riu e continuou: – Sim, as coisas quase saíram erradas. Mas é disso que realmente me orgulho: transformar um fracasso num sucesso. – Uma expressão de triunfo surgiu no seu rosto. – Arranjar um esconderijo na tensão do momento foi realmente bastante louvável. Poderia me dizer onde a fórmula está agora?

Com seu torpor se acentuando, Poirot parecia sentir dificuldade em falar com clareza.

– Eu... não o entendo – sussurrou.

– Cometeu um pequeno erro, Monsieur Poirot – disse-lhe Raynor com escárnio. – Subestimou a minha inteligência. Não fui realmente levado na devida conta agora por sua engenhosa pista falsa acerca do pobre Carelli. Um homem com sua massa cinzenta não poderia ter acreditado seriamente que Carelli... ora, nem vale a pena pensar nisso. Como vê, estou apostando alto. Aquele pedaço de papel, levado ao destino certo, significa 50 mil libras para mim. – Ele se recostou. – Imagine só o que um homem com a minha capacidade pode fazer com 50 mil libras.

Numa voz de crescente torpor, Poirot conseguiu responder:

– Não... não gosto de... imaginar isso.

— Bem, talvez não. Eu gosto — concedeu Raynor. — Deve-se permitir que alguém tenha opinião diferente.

Poirot inclinou-se à frente, parecendo estar fazendo um esforço para se aprumar.

— Não será assim — exclamou. — Eu o denunciarei. Eu, Hercule Poirot... — Ele se interrompeu de súbito.

— Hercule Poirot não fará nada — declarou Raynor, enquanto o detetive afundava de volta em seu assento. Com uma risada que era quase um escárnio, o secretário continuou: — Não percebeu, nem mesmo quando disse que o uísque estava amargo? Como vê, meu caro Monsieur Poirot, peguei não apenas um, mas vários tubos de hioscina naquela caixa. Recebeu uma dosagem um pouquinho mais alta do que dei a Sir Claud.

— Ah, *mon Dieu* — arfou Poirot, lutando para se levantar. Com voz débil, tentou gritar: — Hastings! Has... — Sua voz sumiu, e ele afundou de volta no assento. Suas pálpebras se fecharam.

Raynor levantou-se, empurrou sua cadeira para o lado e ficou de pé diante de Poirot.

— Tente se manter desperto, Monsieur Poirot — disse. — Certamente gostará de ver onde escondi a fórmula, não?

Ele esperou por um momento, mas os olhos de Poirot permaneceram fechados.

— Um sono rápido e sem sonhos, e sem despertar, como disse o nosso prezado amigo Carelli — comentou Raynor, secamente, enquanto ia até a cornija da lareira. Pegou os acendedores, dobrou-os e pôs no bolso.

Seguiu até as portas envidraçadas, só parando para falar por sobre o ombro:

— Adeus, meu caro Monsieur Poirot.

Estava prestes a sair para os jardins quando o som da voz de Poirot o deteve; falando de modo fluente e natural:

— Não quer levar o envelope também?

Raynor deu meia-volta, e no mesmo instante o inspetor Japp entrou na biblioteca, vindo do jardim. Recuando alguns passos, Raynor parou irresoluto, e depois decidiu fugir. Disparou para as portas envidraçadas, só para ser impedido por Japp e pelo policial Johnson, que também surgiu de repente do jardim.

Poirot ergueu-se de sua cadeira, espreguiçando-se.

– Bem, meu caro Japp – disse. – Entendeu tudo?

Arrastando Raynor de volta ao centro da sala com a ajuda de Johnson, Japp respondeu:

– Palavra por palavra. Obrigado pelo bilhete, Poirot. Pode-se ouvir tudo perfeitamente do terraço ali fora. Agora vamos cuidar dele e ver o que podemos descobrir. – Ele puxou os acendedores do bolso de Raynor e lançou-os sobre a mesinha de centro. Em seguida, puxou um pequeno tubo. – Ah! Hioscina! Vazio!

– Ah, Hastings – Poirot saudou o amigo, que entrava pelo corredor trazendo um copo de uísque com soda para o detetive. – Está vendo? – Poirot dirigiu-se a Raynor no seu modo mais gentil. – Recusei-me a atuar em sua comédia. Em vez disso, fiz você atuar na minha. No meu bilhete, dei instruções a Japp e também a Hastings. Depois lhe facilitei as coisas queixando-me do calor. Sabia que ia sugerir um drinque. Afinal, era a abertura de que precisava. Depois, tudo ficou muito direto. Quando fui até a porta, o bom Hastings estava lá fora a postos com outro uísque e soda. Troco os copos e retorno. E... a comédia continua. – Poirot devolveu o copo a Hastings. – Acho que representei muito bem o meu papel.

Houve uma pausa, enquanto Poirot e Raynor se avaliavam. Então, Raynor falou:

– Estive temeroso do senhor tão logo entrou nesta casa. Meu esquema poderia ter funcionado. Eu poderia ter me arrumado pelo resto da vida com as 50 mil libras... talvez até mais... que conseguiria com aquela deplorável fórmula. Mas, a partir de sua chegada, parei de me sentir absolutamente confiante de que escaparia com a morte daquele tolo velho pomposo e com o roubo deste precioso pedaço de papel.

– Já percebi que você é inteligente – replicou Poirot. Ele sentou-se de novo na poltrona, parecendo muito satisfeito consigo mesmo, enquanto Japp começava a falar rapidamente.

– Edward Raynor, eu o prendo pelo assassinato premeditado de Sir Claud Amory e aviso-o de que tudo que disser poderá ser usado como prova.

Japp fez um gesto para que o policial Johnson levasse Raynor.

20

Enquanto Raynor saía escoltado por Johnson, os dois homens deram passagem à Srta. Amory, que entrava na biblioteca naquele instante. Ela os fitou com ansiedade e dirigiu-se a Poirot.

– Monsieur Poirot – arfou, enquanto Poirot se levantava para saudá-la –, é verdade? Foi o Sr. Raynor quem matou meu pobre irmão?

– Receio que sim, *mademoiselle*

Caroline Amory ficou estarrecida.

– Oh! – exclamou. – Não posso crer! Que maldade! Sempre tratamos Raynor como membro da família. E o Beeswax e tudo... – Ela virou-se abruptamente. Estava prestes a sair quando Richard entrou e segurou a porta aberta para ela. Enquanto saía quase correndo da sala, sua sobrinha Barbara chegava pelo jardim.

– É simplesmente arrasador para dizer em palavras – exclamou Barbara. – Edward Raynor, entre todas as pessoas! Quem acreditaria? Somente alguém espantosamente esperto poderia descobrir. Imagino quem!

Olhou significativamente para Poirot, que, contudo, fez uma curvatura na direção do inspetor e murmurou:

– Foi o inspetor Japp quem solucionou o caso, *mademoiselle*.

Japp sorriu exultante.

– Eu lhe direi, Monsieur Poirot, você é dos bons. E também um cavalheiro. – Com um aceno para os presentes, Japp saiu energicamente, tirando o uísque de um confuso Hastings e dizendo: – Eu me encarregarei da prova, se me permite, capitão Hastings!

Barbara se aproximou de Poirot e perguntou timidamente:

– Foi realmente o inspetor Japp quem descobriu o assassino de tio Claud? Ou foi o senhor, Monsieur Poirot?

Poirot foi até Hastings, pôs um braço em torno do velho amigo.

– Senhorita – informou a Barbara –, o crédito pertence ao nosso Hastings aqui. Ele fez um comentário de brilhantismo inigualável que me colocou na pista certa. Leve-o até o jardim que ele lhe contará.

Ele empurrou Hastings na direção de Barbara e guiou a ambos através das portas envidraçadas.

– Ah, meu doce – suspirou Barbara, comicamente, para Hastings, enquanto seguiam para o jardim.

Richard Amory estava prestes a se dirigir a Poirot, quando a porta do corredor se abriu e Lucia entrou. Sobressaltando-se ao ver o marido, Lucia murmurou, insegura:

– Richard...

Richard voltou-se para ela.

– Lucia!

Ela deu uns passos para o interior da sala.

– Eu... – começou Lucia e depois se interrompeu.

Richard aproximou-se dela, mas parou.

– Você...

Ambos pareciam extremamente nervosos e pouco à vontade um com o outro. Então, subitamente, Lucia captou a visão de Poirot e foi até ele com as mãos estendidas.

– Monsieur Poirot! Como podemos lhe agradecer?

Poirot pegou-lhe as mãos.

– Pronto, senhora, seus apuros terminaram! – anunciou ele.

– Um assassino foi capturado. Mas será que meu apuros acabaram mesmo? – perguntou Lucia, tristonha.

— É verdade que ainda não parece inteiramente feliz, minha criança — observou Poirot.

— Serei feliz de novo algum dia?

— Acho que sim — disse Poirot com um piscar de olho. — Confie no seu velho Poirot. — Conduzindo Lucia para a cadeira junto à mesa no centro da sala, ele pegou os acendedores na mesinha de centro, foi até Richard e entregou-os a ele. — Senhor — disse —, tenho o prazer de devolver-lhe a fórmula de Sir Claud! as diferentes partes podem ser coladas e... como é que vocês dizem mesmo?... Ah, e ela ficará novinha em folha.

— Meu Deus, a fórmula! — exclamou Richard. — Eu tinha quase me esquecido dela. Mal suporto olhar para ela outra vez, depois do que causou a todos nós. Custou a vida de meu pai e quase arruinou também toda a família.

— O que vai fazer com ela, Richard? — perguntou-lhe Lucia.

— Não sei. O que você faria?

Levantando-se e indo até ele, Lucia sussurrou:

— Você me daria?

— É sua — disse o marido, entregando-lhe os acendedores. — Faça o que achar melhor com essa porcaria.

— Obrigada, Richard — murmurou Lucia. Ela foi até a lareira, tirou um fósforo da caixa sobre a cornija e inflamou os acendedores, jogando-os um por um na lareira.

— Já existe sofrimento demais no mundo. Não suporto pensar em aumentá-lo.

— *Madame* — disse Poirot —, admiro a maneira como queima milhares de libras com tão pouca emoção como se fossem apenas uns poucos *pence*.

— Elas não passam de cinzas — suspirou Lucia. — Como a minha vida.

— *Oh, là, là!* — disse Poirot. — Vamos todos encomendar nossos caixões — assinalou ele num tom gozador. — Não! Eu gosto de ser feliz, de me divertir, dançar, cantar. Veja você, minha criança – continuou, virando-se para se dirigir também a Richard –, estou a ponto de tomar liberdades com vocês dois. *Madame* fala com seus botões: "Eu enganei meu marido." *Monsieur* fala com seus botões: "Eu desconfiei de minha esposa." E mesmo assim o que realmente querem é estar nos braços um do outro, não é?

Lucia deu um passo na direção do marido.

– Richard... – começou ela em voz baixa.

– *Madame* – Poirot a interrompeu. – Temo que Sir Claud possa ter suspeitado de que vocês planejavam roubar a fórmula porque, poucas semanas atrás, alguém... sem dúvida um ex-colega de Carelli, pois gente desse tipo está continuamente traindo um ao outro... alguém, repito, mandou uma carta anônima para Sir Claud a respeito de sua mãe. Mas você sabe, minha criança, que seu marido tentou assumir a culpa perante o inspetor Japp... que na verdade confessou ter matado Sir Claud... a fim de poupá-la?

Lucia deu um gritinho e olhou adoravelmente para Richard.

– E você, *monsieur* – continuou Poirot. – Imagine que, não mais que meia hora atrás, sua esposa gritava em meu ouvido que havia matado seu pai, tudo porque temia que você pudesse tê-lo feito.

– Lucia – murmurou Richard com ternura, indo até ela.

– Sendo britânico – disse Poirot, enquanto se afastava deles –, não vai abraçá-la na minha presença, vai?

Lucia foi até ele e pegou-lhe a mão.

– Monsieur Poirot, acho que nunca o esquecerei... nunca.

– Nem eu a esquecerei, *madame* – declarou Poirot, galante, enquanto lhe beijava a mão.

– Poirot – declarou Richard Amory –, não sei o que dizer, exceto que salvou minha vida e meu casamento. Não consigo expressar o que sinto...

– Não se aflija, meu amigo – replicou Poirot. – Estou feliz por ter estado a serviço de vocês.

Lucia e Richard seguiram juntos para o jardim, olhando um nos olhos do outro, o braço dele em torno dos ombros dela. Observando-os da porta, Poirot gritou-lhes:

– Deus os abençoe, *mes enfants*! Ah, e se encontrarem a Srta. Barbara no jardim, peçam-lhe que me devolva o capitão Hastings. Logo, logo teremos de voltar para Londres. – Voltando-se para a sala, seu olhar voltou-se para a lareira.

– Ah! – exclamou, enquanto ia até a cornija e arrumava o jarro dos acendedores. – *Voilà*! Agora a ordem e a simetria estão restauradas. – Em seguida, Poirot caminhou em direção à porta com um ar de imensa satisfação.

fim

ATENDIMENTO AO LEITOR E VENDAS DIRETAS

Você pode adquirir os títulos da BestBolso através do Marketing Direto do Grupo Editorial Record.

- Telefone: (21) 2585-2002
  (de segunda a sexta-feira, das 8h30 às 18h)
- E-mail: mdireto@record.com.br
- Fax: (21) 2585-2010

Entre em contato conosco caso tenha alguma dúvida, precise de informações ou queira se cadastrar para receber nossos informativos de lançamentos e promoções.

Nossos sites:
www.edicoesbestbolso.com.br
www.record.com.br

EDIÇÕES BESTBOLSO
Alguns títulos publicados

1. *Poirot investiga*, Agatha Christie
2. *O visitante inesperado*, Agatha Christie
3. *O homem do terno marrom*, Agatha Christie
4. *Café preto*, Agatha Christie
5. *O misterioso caso de Styles*, Agatha Christie
6. *O caso do hotel Bertram*, Agatha Christie
7. *Assassinato no campo de golfe*, Agatha Christie
8. *O segredo de Chimneys*, Agatha Christie
9. *O inimigo secreto*, Agatha Christie
10. *Os relógios*, Agatha Christie
11. *Enquanto houver luz*, Agatha Christie
12. *Acima de qualquer suspeita*, Scott Turow
13. *O poderoso chefão*, Mario Puzo
14. *O último chefão*, Mario Puzo
15. *Criança 44*, Tom Rob Smith
16. *O vingador*, Frederick Forsyth
17. *O veterano*, Frederick Forsyth
18. *O negociador*, Frederick Forsyth
19. *Os caminhos escuros do coração*, Dean Koontz
20. *O guardião*, Dean Koontz
21. *O cão de terracota*, Andrea Camilleri
22. *O voo da águia*, Ken Follett
23. *A chave de Rebecca*, Ken Follett
24. *O homem de São Petersburgo*, Ken Follett
25. *O buraco da agulha*, Ken Follett
26. *Coma*, Robin Cook
27. *Contágio*, Robin Cook
28. *Parque Gorki*, Martin Cruz Smith
29. *O perfume*, Patrick Süskind
30. *O colecionador de ossos*, Jeffery Deaver

Este livro foi composto na tipologia Minion, em
corpo 10,5/13, e impresso em papel off-set 56g/m² no Sistema
Cameron da Divisão Gráfica da Distribuidora Record.